我说的不一定对

梁欢 著

I'm not sure about it

江西人民出版社
Jiangxi People's Publishing House
全国百佳出版社

图书在版编目（CIP）数据
我说的不一定对 / 梁欢著. —南昌 : 江西人民出版社, 2015.11
ISBN 978-7-210-07942-2

Ⅰ. ①我… Ⅱ. ①梁… Ⅲ. ①随笔—作品集—中国—当代 Ⅳ. ①I267.1

中国版本图书馆CIP数据核字(2015)第266883号

我说的不一定对
梁欢著
责任编辑/魏如祥
出版发行/江西人民出版社
印刷/北京鹏润伟业印刷有限公司
版次/2015年12月第1版
2015年12月第1次印刷
开本/700毫米×980毫米 1/32 印张/7
字数/132千字
ISBN 978-7-210-07942-2
定价/38.00元
赣版权登字-01—2015—825

如发现图书质量问题，可联系调换。质量投诉电话：010-82069336

目　录

* 为从第 222 页赶回来的你特意呈现 *

关于「这本书」

不用太过在意，无论如何，它们都不会过多影响你。

这本书里，我对许多乱七八糟的事物胡乱发表了一些自己的看法，有些你可能会感兴趣，有些则让你兴致全无。不用太过在意，无论如何，它们都不会过多影响你。

关于「为什么写这本书」

我听说在鬼门关走过一趟的人，往往会变得豁达、淡泊、宁静致远、看透生死，熬出来的心灵鸡汤也会比常人的更香浓可口、催人泪下，我可能是境界不够，完全没有这些感悟，反倒因为「如何确保自己不死？」这个问题变得焦躁和怒不可遏。

写这本书的两周前，我差点死掉。这里是字面意义上的那种死，我因为连续加班、过度劳累，引发了一种名为蛛网膜下腔出血的严重病症，导致昏迷，事后才知道这是一种致死率很高的病。我比较幸运，病情不重，手术后只绝对卧床了两周就得以出院。虽然这不是什么美妙经历，但往好的方面想，我至少还是获得了一项隐藏奖励——自此以后，在艺人粉丝们惯用的「你有好好了解他吗？你知道他有多努力吗？」环节里，比起传统艺人的「练舞到凌晨」「顶着高烧拍戏」「打针也要坚持开演唱会」，我的努力段位就高多了。

扯远了（你要做好准备，这本书里用于吐槽、跑题、说怪话的括号横飞，每篇都有 5 个至 500 个不等，并且括号内篇幅常比正文要长。为了方便你在这两种语境里来回切换，我特意选用了两种不同的字体），我们说回绝对卧床。住院期间为了防止身体有波动导致脑部再出血，我被要求一直躺着不得下床，吃喝拉撒全在床上解决；另外为了防止情绪波动，手机被没收、电视不许看、亲友也不得探视，我跟人类文明的连接被彻底切断了。

巨大且痛苦的精神空虚随之而来，无论你是否意识到，作为一个当代人，我们都已经接收信息成瘾，一段时长为 20 秒的空虚都必须被拿来完成一次「刷一下微博，再刷一下朋友圈」的历程；如果时长再久一点，那就要伴着「刚才刷朋友圈这会儿，微博里应该有新内容出来了」的内心独白，循环再刷一轮。就在这样的时代背景下，我被迫要盯着医院的天花板，长达两个礼拜。

虽然这样说会显得很不酷，但我必须坦白，绝对卧床期间最大的痛苦根本不是什么精神空虚，而是长时间平躺带来的腰疼。这种疼痛缓慢增长并且永无止境（有两种方式方便你来体验，一是在清醒状态下试着平躺几个小时以切身感受；二是想象你家对面有一个商场在做清仓大促销，低价租赁来的劣质音箱以一种正常人类社会不能容许的巨大音量播放着粗俗网络口水歌——的「夜店 DJ 混音加强版」，这样的歌他们有一整个歌单来循环播放两个礼拜，此种精神折磨的肉体版，大概就是我所经受的腰疼了），为了缓解它，我唯一的办法就是让自己浸入长时间的胡思乱想。

我相信这本书的读者里，有相当数量的人应该跟我有一个共同认知，即富足瑰丽的内心精神世界，远比肉体更重要。只要是稍微认真点生活的人，其实都在有意无意的汲取知识、扩充对世界的认知，这种认真所得到的回报，就是每隔一段时间我们能在精神上迎来一次自我更新式的进化，这种进化是如此明显，以至于我们回看半年前自己曾引以为豪的事，都会觉得愚蠢不堪、羞愧难当。但是我们的肉体呢？人类肉体在最近几千年的时间里进化幅度小到可怜，这让我们饱受其累，甚至还要因为牙齿进化速度赶不上颌骨进化速度这种破理由而忍受智齿这种东西的存在。你看，在精神与肉体的对比上，精神靠着自己的「高成长性」和「可扩容性」简直完胜肉体，我一直以来也都是如此认为的。直到险些死掉一次，这信念崩塌了。

一个此前被忽略的严重问题直接甩到了我脸上——如果在开拓自己精神世界的过程中，还没达到目标，肉体就先死了呢？精神世界的开拓当然是没有上限和边界的，我们通常的做法是给自己设定一个目标，这目标往往是在某个领域达到跟某个人差不多的境界（这个「差不多的境界」，还都是自认为的差不多，实际上有没有真的差不多，不好说），然后去奋力碰触它。这个过程里，多数人都会以失败告终，只有极少数有能力和运气的人，才能真的碰触到那个预定目标；不过就算碰触到了还没算完，你还要另行确保自己有足够的表达技能，把自己此时的精神世界用某种形态——无论是图书、绘画、电影、音乐、游戏或是其他什么形态——来表达给世人（毕竟你之前视为目标的那个人，他就表达了出来，你也正是因为他的表达才能认识他并视他为目标的），这才算完成了精神世界的开拓之旅。以上过程只是写出来、看下来，都费了你我好大力气，实际操作起来的耗时可能要以数十年为单位，你如何能确保自己在这个过程里不死呢？

这深深刺痛了我（这句子造的真是……也深深刺痛了我。真实情况是，写到此处时我很想用那句传统五字脏话以表崩溃之心情，但又知道这不合出版规矩，只能另找一句来替代，不知为何这个句子就忽然自己冒了出来。如果你在其他书里也看到这句子，我猜作者很可能也是出于同样原因这么用的）。我听说在鬼门关走过一趟的人，往往会变得豁达、淡泊、宁静致远、看透生死，熬出来的心灵鸡汤也会比常人的更香浓可口、催人泪下，我可能是境界不够，完全没有这些感悟，反倒因为「如何确保自己不死？」这个问题变得焦躁和怒不可遏。有一位我非常喜欢的日本作家，三岛由纪夫，此君跟传统文人不太一样，他在 30 岁的年纪开始去健身房打熬身体，练出了一身健美运动员级的发达肌肉，名曰「肉体改造」，这种事发生在 20 世纪 50 年代的日本，足够新奇超前。一般人认为他这样做的原因是想克服自幼身材矮小导致的自卑感；熟识他的读者会认为是他自小就存在的对男性肉体的同性迷恋所致；而在住院期间的无数胡思乱想里，我在某个灵光一闪的间隙自认为捕捉到了他肉体改造的真正原因——他一方面对身体这个孱弱的容器怒其不争，一方面又渴望在死之前能构建并表达一个更完善的精神世界，于是肉体改造就成了那时他能想到的唯一解决方案。这样想来，三岛由纪夫确实是在肉体改造成功之后，才写出了职业生涯最出色的舞台剧作品《鹿鸣馆》和最出名的文学作品《金阁寺》（我尤其喜欢前者）。想到这里，面对「如何确保自己不死?」这个问题，我只能无奈接受了这个可怕事实——人的精神世界上限是由肉体封顶的。再一次，这深深刺痛了我。

出院之后，医生要求我在接下来六周的时间里保持静养、严禁运动，我暂时还不能开始自己的肉体改造计划。为防再次死掉，我索性决定开始写这本书，用一种极不负责任的态度，先表达点什么。

关于「不理性、不客观、不中立」

在所有的湿货里，我尤其喜欢那些不理性、不客观、不中立的东西。

我讨厌「干货」。

自从这个词被一部分过度热衷于——沙龙、宣讲、PPT、使用另一个名叫「接地气」的词——的那部分互联网从业者赋予了「浓缩的硬知识」这种含义之后，人们好像就对它有了一种近乎病态的追求。买一本打发时间的杂志，要有干货；去现场听一场演讲，要有干货；在网上看一档娱乐节目，要有干货（饶了自己吧，真的）。如果没有，就会感觉自己遭到了愚弄，高呼上当受骗；这还算好的，病入膏肓一点的，甚至会因为没得到干货而生出负罪感，觉得自己消费了不该消费的东西，浪费了生命。

这种时时处处追求干货的心态和行为，在我看来相当不清醒，毕竟你稍微冷静下来思考一下干货的本质，即「浓缩的硬知识」，就能明白最好的干货其实根本不用耗尽心力去追求，它们一直唾手可得，就在教科书里。

换句话说，如果你真的渴求干货，最干最硬的教科书一直都是最好的选择。而如果你看到这句话就立刻找出了「可是教科书太晦涩，看起来太累啊」这样的理由，说明你并不像自己表现出的那般渴求干货，你渴求的很可能只是「我刚刚可是吸收了干货哟！」的感觉，更何况，这感觉往往还是种错觉。

通常你得到的那些自以为是干货的东西，其实并非干货，它们经过了一个「干货——某人尝试吸收它——此人有损耗的吸收了它并加入自身立场和见解——此人再将它有损耗的表达出来——你有损耗的进行了接收并加入自身立场和见解——你得到的东西」的过程，这么一折腾，它们早就不该被称为干货了，它们是面目全非的「湿货」。

我们日常得到的大多数内容都是这样湿的，世上的干货也远没有我们想的那么多、那么友善、那么易于获取。不过没必要为此难过，湿货也没什么不好。当我们的智识达到一定水准之后，获取硬知识的过程就会变得充满艰辛，只有极少数富有毅力、天赋、运气的人能继续前行探索；如果只依靠干货，绝大多数人的智识水平至此将驻足不前。所幸还有湿货——虽然它们总是有漏洞、不纯粹、夹私货、带偏差——但它们好吃啊!

在所有的湿货里，我尤其喜欢那些不理性、不客观、不中立的东西。我知道这些词汇在人们都追求「政治正确」的今天会被视为罪恶，但在我看来，不理性代表总有鲜活的情感，不客观代表总有生动的视角，不中立代表总有确切的表态（这一点尤为重要，并且无论表态是否会被大众接受，你都应该表态），这些都是很能吸引我的特质，也是我一直努力训练自己具备的品格。它们总是能让我快速建立起对某个事物的兴趣，进而去研习它，其中的一些事物我甚至有幸能走到最终拿起教科书去啃干货的程度；而它们身上附着的跟好处同样明显的负面因素，我通常也能识破并避开。

也有时候识不破，也有时候避不开，我就会被那些负面因素「污染」了。不过也没关系，即便是最差的情况，我被污染透了，那我最终成为的那个人，至少也能是个有意思的、可供别人研究消遣的人类样本。对此我可以坦然接受。

关于「毒舌虽好，不如创造」

当你停止创造，你的才能就不再重要，你所拥有的只剩下你的品味。而品味会挟裹你，让你排斥他人、变得狭隘。所以，创造。

可能你已经不太记得十五年前的网络世界是什么样子了。

- 电脑价格逐步下降，开始进入更多家庭；CPU 还被划分为「奔二」「奔三」「奔四」，市场主流的台式机配置是奔三处理器、64 MB 内存 12 GB 硬盘，售价 6000 至 8000 元，同等配置的笔记本电脑则要 2 万至 3 万元；拨号上网的资费依然昂贵，全国可以上网的电脑总数大概只有 350 万台，电脑的主要用途还是打游戏、看电影以及被家长锁起来。

- 上网仍旧是少数人的行为，有能力和兴趣上网的人，在学习能力、心灵开放度、知识储备等方面相对都要超出常人。但常识依旧是稀缺品，比如大多数网民们都还会担心地球会在 2000 年到来的那一刻毁灭；等 2000 年顺利到来，「玛雅人预言世界末日」的帖子又让大家开始担心 2012 了。

- 第一款带有图像的网络游戏《万王之王》上线，由于多数玩家的网速不足以支撑起实时显示图形，它被玩家们称为「慢王之王」。

- 聊天软件 OICQ 因为名字侵权，改名 QQ；一家名叫百度的公司刚刚创立。

- 有两个可怕的名词频繁出现，一个叫「千年虫」，一个叫「CIH 病毒」，但具体怎么可怕，好像大家都不太清楚。

- 聚集了大量内容创造者的 BBS 有西祠胡同、新浪论坛、水木清华、猫扑，除此以外，有个建站不久的天涯论坛冒出了几个特别能写的人，也逐渐成为大家爱去的地方。但不管是哪个论坛，只要提及「日本」两字，所有人都会不分青红皂白去骂一通脏话。

如果只用一个词来概括当初的互联网，我倾向于使用「匮乏」。无论你此前听过多少个那段时期使人知识启蒙、三观确立的美丽传说——那些都是真实存在的，但——彼时互联网的信息总量其实是相当匮乏的，多数时候，我每天都可以把五大论坛当天产生的精华帖全部浏览一遍，然后还有足够的富余时间去打游戏；虽然拥有「教学相长」的良好氛围，网友们彼此热心分享所知所学，但大家的知识储备普遍贫瘠，常识的拥有量更是少得可怜，当初一位学者拥有的常识也许还不如今天的一名普通高中学生。虽然摩尔定律在当时已被验证且盛行（英特尔创始人戈登·摩尔提出的概念，花费同样多的钱，每隔 18 至 24 个月，人们买到的电脑的性能就会提高一倍），但大家好奇的都是未来电脑会变成什么样子。没人能够预料到十五年后的互联网，可以承载这等量级的信息。

这十五年间，有两样发明引发了两轮信息变革。第一样发明是博客，它和此前提到的 BBS 一起引发了「信息生产」的变革。此前的世界，只有书刊报纸的作者们才有资格生产内容，绝大多数人只是默默消费这些内容而已，若想做生产者，只有一条路可走，就是也成为一个书刊报纸的作者。而 BBS 和博客的出现颠覆了这局面，生产的门槛被无限降低，只需要学会打字、接入互联网，任何人都可以成为内容的生产者。世界的信息总量由此开始了指数级的增长飙升。

第二样发明是社交网络，它引发了「信息传递」的变革。虽然 BBS 和博客的诞生让信息总量激增，但其中的绝大多数信息，其实一直都孤独的存在于互联网上无人问津，除非某天有人用搜索引擎主动检索到它，阅读量才会从 4 变成 5。后来社交网络横空出世，以朋友关系为传播窗口，任何信息都可以至少被自己社交圈子里的人看到了；如果这信息足够吸引人，能让好友粉丝们按下「分享」或「转发」按钮，它完全可以在几分钟时间里传遍全世界。世界的信息传递速度由此也开始了指数级的增长飙升。

有了这两样信息变革做基础，世界才开始真的互联互通，许多有趣的存在就被从国外引入、被国人学习、被广泛传播、最终被大众接受了——「毒舌」便是这样一种存在。

2004 年，我在网络上知道了一个名叫 Bill Simmons 的家伙，此君当时是 ESPN 旗下网站的一个专栏作家，专写篮球评论。他的文章风格极其幽默犀利，并且时常夹杂大量美国流行文化和个人生活片断，最关键的是，他竟然跟我一样是终生的波士顿凯尔特人球迷，这让我们的立场高度一致，他的各类吐槽常让我看得如痴如醉、大呼过瘾。那时我正处在模仿王小波文笔疯狂写博客的阶段，又因为常在各种论坛里吹水拍砖，博客就渐渐有了些固定读者；恰逢姚明的崛起让 NBA 在中国火爆起来，有些读者得知我也是球迷，就常催我写一些对 NBA 的看法，我于是模仿起 Bill Simmons 的毒舌文风，开始写篮球评论。

这种以「毒舌」和「吐槽」为标签的写作风格，让网友们大感新鲜，我的篮球评论受欢迎程度远超自己想象，仅仅写了两篇文章，就有新浪体育的编辑找上门来，他们开始以官方名义推送我的文章，这让我的读者数量暴增。我的身份，照当时的流行语来说，成了一个「体育名博」。之后我很快得到了人生的第一个网络专栏，赚的稿费足够一个高中生的日常花销；后又在读大学时得到了第一个杂志专栏。那本杂志名为《体育时空 · HOOP》，有三个专栏位，另外两个专栏分别属于苏群和朱彦硕，如果你常看篮球，就知道我一个大学生能跟这两位分别大我20岁和15岁的业界顶级专家并列是何等的荣幸，这简直全拜毒舌的风格所赐。

后来微博在国内兴起，社交媒体的时代正式到来。跟之前受别人催促才开始写篮球评论一样，我又是因为别人的原因，在微博上开始评论起音乐来。这次的起因更莫名其妙，全因我不了解国内粉丝文化所致——我在微博上随口吐槽了一句五月天的某首歌里有走音，后期没修好，结果竟引来了无数其粉丝的刷屏谩骂。当时我年轻气盛，又是在论坛里与人辩斗拍砖长大的，哪里知道粉丝不能惹？于是我一边用分析音乐的方式讲清原理，一边又用异常毒舌的语句予以还击，几个回合下来，这事迹竟然在网络上传播开了，海量的网友们闻讯跑来看热闹，我的粉丝甚至突破了百万大关。照当时的流行语来说，我又稀里糊涂成了一个「网红」。显然，这一次也是拜我的毒舌技能所赐。

正当我因为毒舌在网络上逐渐被大众熟知时，我忽然做出决定，宣布自己出道做歌手。这让很多人大跌眼镜，也毫不看好我的歌手前景。毕竟，当我是一个评论者时，我可以站在世界范围内的音乐审美和音乐制作技术的制高点，肆意对人指手画脚；而当我是一个创造者时，我将不得不面对自己动手能力远远低于自己的审美（我此前没有接受过任何专业的音乐教育与训练）、国内音乐制作技术也远达不到国际水准（就算偶有能达到的，费用之昂贵我也很难负担）的现实。偏偏我此前那些居高临下的毒舌评论，又让大众不自觉的认为我要比曾评论过的所有人都要高明，于是就无限拔高了对我作品的期待——如同当初一位朋友劝我的:「现在的情况，你做出什么样的东西来，别人都不可能满意。你就不能做东西。」看起来，亲身去做一个创造者，似乎是个愚蠢的决定。

但我还是做了，并且一直做到今天。有一个非常强大的驱使力，让我坚定信念要去创造。

Ruby 是一种编程语言。可能看到这句你会有点开始犯困，别担心，我们不讨论编程问题，只是想引出一个很酷的家伙——这家伙名叫 why the lucky stiff，这个全小写的名字当然只是个网络 ID，因为在好多年的时间里我们都不知道他的真实名字，这个 ID 常被缩写成 _why。

Ruby 这门语言其实相当年轻，日本程序员松本行弘 1995 年才把它发布出来，而且也一直没什么人用。直到 2004 年，一个叫 David Heinemeier Hansson 的帅小伙在它的基础上开源了一个框架（这个帅小伙是明星团队 37signals 的首席技术官，他开源的框架名为 Ruby on Rails，我们今天使用的很多著名网站都根据这个框架而来。也正是这个无私举动使他和他的团队在程序员世界里彻底封神），让网页开发变得无比便捷，Ruby 才在程序员的世界里火了起来。但是那个时期，关于 Ruby 的资料非常少，就算有也多是日文资料，很少人能看懂。

好在 Ruby 语言还有一个同名论坛，用这门语言的程序员们小规模聚集在这里，当大家都涌去论坛找资料、求帮助时，就不可避免的接触到了 _why 这个论坛里的传奇人物。_why 是个相当高产的程序员，先后公布并维护着数十个作品，不过他最出名的事迹，是在一个网页里编了一个可以玩的童话故事——在故事里你是一只兔子，即将被一条龙杀掉，而你要按照剧情的指引，尝试用这只兔子杀死那条龙……神奇的是，等你把这个不可思议的童话玩通，就会发现自己已经差不多学会怎么用 Ruby 了。没错，这个童话游戏是 _why 所做的入门教程，2004 至 2009 年间，世界上所有学 Ruby 语言的人几乎都玩过这个教程，并且教程里那些充满诗意和幽默的文字、专业漫画级的插画，全由 _why 一个人独自完成。他除了是一个高产的天才程序员，也是一个出色的漫画家，更是一个无私的分享者。直到今天，使用 Ruby 语言的程序员们还在受其遗泽。

2009 年 8 月 19 日，_why 人间蒸发。没有任何声明，也不知是何原因，他忽然从公众视野里消失，他所有的程序、文章、漫画、网站、社交网络账号，也全都被他自己销毁，从此湮灭。关于他离开的原因网络上开始流传若干种说法，他的真实身份也出现了许多种推理和猜测，但 _why 却始终再没出现，他和与他相关的一切，好像从来没在网络世界里存在过，消失得一干二净。

这就是关于 _why 的故事。用这样大的篇幅来讲述他，是因为你永远想不到一个人无意间会对另一个人产生多么深远的影响。虽然已经消失多年，但 _why 曾在 Twitter 上写过的一段话，却成为了我终生奉行的行事准则，并一次又一次改变着我的人生：

「当你停止创造，你的才能就不再重要，你所拥有的只剩下你的品味。而品味会挟裹你，让你排斥他人、变得狭隘。所以，创造。」

所以，（毒舌虽好，不如）创造。

关于「拥抱装逼」

如果你在向着更出色的自己靠拢的过程中被指责为「装逼」，那你就拥抱「装逼」。

跟大多数人所想的不同，由「不酷」变「酷」的过程其实很短暂。一个人从愚昧无知进化到心灵开放，可能只需要一年时间（我自己就是个很好的例子，2011 年我大学毕业加入知乎这家初创公司前，其实是个相当浅薄、犬儒、不知好歹的人，而到 2012 年我开始创业做独立游戏时，自觉已经相当谦虚、坚定、爱世界了）；从不懂穿衣打扮进化到衣着得体，可能还不用三个月。问题的关键在于找到对的领路人，然后从他们身上学习什么是「酷」。

从「不酷」变「酷」的过程是不酷的，因为你要进行大量的模仿。在模仿的初级阶段你的表现总是会很蹩脚，就容易被人指责为「装逼」。这也是为什么小孩子总是能很快学会新东西，他们才不介意被指责「装逼」。

如果你在向着更出色的自己靠拢的过程中被指责为「装逼」，那你就拥抱「装逼」。

这一篇就写得相当「装逼」。

关于「这就是我买正版的原因了」

我想以后还能用到这些人做的更好的东西，
这就是我买正版的原因了。

2012 年初，我和三个朋友辞掉原有工作，没有寻找投资，单凭着一股「艺术的终极形态其实是游戏啊！」的觉悟和热情，组建了一个名为 Legend 33 Studios 的团队开始创业，花了近一年时间开发出一款名为 Once Touch 的游戏（这是一款 iOS 上的音乐游戏，我已经将它下架，所以也不算打广告）。当时中国用户在苹果应用商店的付费流程远不如现在方便，整体付费比例极低，我们预计市场主要会在欧美地区，于是也没有专门去做中文版本，把它定价为 1.99 美元就在全球范围统一上架了。

之后它很快在国外玩家群体里收获了不错的口碑，在一些我们没听说过的游戏评选里还拿了不少奖项。从主办方发来的邮件里过于惊叹的口吻来看（我自知我们的游戏可以让他们有个 4 分左右程度的惊叹，但对方传递过来的惊叹足有 10 分，这就非常可疑了），我猜获奖有相当大的原因是我们来自中国，发现一个遥远东方国度里的小团队做的独立游戏（而且这个东方国度在很多年时间里，一直都被视为游戏创造力和想象力的荒漠），肯定能让评奖显得格外富有洞察力和包容性。

虽然口碑不错，但游戏的收入其实很不理想。苹果应用市场是个赢家通吃的市场，99% 的钱被 1% 的应用赚走，何况独立游戏的受众本身就偏小，我们当时算过自己的收入，竟然只相当于辞职前收入的十二分之一。这样一来，我们的生活水平自然受到了严重影响，四个人到最后还坚持留在北京的就只剩我一个了，我们被迫分散在四个城市，所有工作都只能靠异地网络办公完成（这里倒没有哭穷的意思，我们甚至还觉得自己挺酷的，前文里提到的那个明星团队 37signals 就极度推崇异地网络办公，我们还一度以中国的 37signals 自居来着。回想起来真是中二啊）。

又过了相当长的时间，某天有一位国内游戏媒体的编辑找到我，说自己在国外的玩家论坛看到有人讨论这款游戏，他发现是中国团队的作品，大感自豪和惊喜，愿意免费为我们写一篇游戏评测（直到这时我们才知道，评测这种最主要的游戏宣传方式，原来是要收费才能写的）。我至今都非常感激那位编辑，他的那篇评测以极度热情的笔触把游戏盛赞得让我们自己都有点不好意思了。接下来几天时间，因为那篇评测的关系，国内几乎所有手机游戏网站都开始介绍这款游戏，我们发觉它似乎有机会像某些国产文艺电影一样，先从海外获得知名度再转回来打开国内市场，这让我们相当兴奋，甚至开始筹划起租办公场地的事（所以你看，我们其实不是真的热爱异地网络办公，一有机会立刻想到的还是要有办公场地。这种毫不介意自我打脸的特质，又被称为「优秀企业家精神」）。

只在租房网站上看了两天的办公场地，我们的美梦就破灭了。一家著名的手机平台网站破解了我们的游戏，把程序包直接传到了网上供人免费下载。不到 24 个小时，六万多人下载了游戏，我们在一天之内损失了超过 10 万美元。我赶紧去找做律师的朋友咨询能否打官司，朋友告诉我这在法律上是空白地带，对方就是吃准了所有开发者都拿他们没办法才敢这样肆无忌惮行事。我愤怒不已，又束手无策（这种束手无策又让我怨恨起自己的无能，导致更加愤怒不已），只能把这段经历发到微博上，试图去引发更多人的关注。

然后我就遭遇了网友们的围攻，得到了许多这样的回复（滤去了脏话）：

- 「要是收费的话根本没人买你这游戏好吗？」
- 「你应该感谢人家网站，至少还让六万人知道了你的游戏。」
- 「那些游戏大作被盗版不比你多？怎么没见人家出声？你这存在感找的。」

- 「一个破游戏卖 1.99 美元？怎么不定价成 1999 美元？你就能说盗版让你损失上亿美元了。」

虽然滤掉脏话后这些回复变得不大生动，但相信以你的网络经验，应该可以在恰当的位置脑补出恰当的脏话来。我也是在得到这些回复以后，才明白原来相当数量的人始终都没有把文化创意类商品当成一种实实在在的商品，他们默认我们创造这类商品是不需要成本的（换句话说，他们认为自己的时间很值钱，而创造者们的时间不值钱）。

接下来让我把自己的例子转换成「我开了一家水果商店卖西瓜，每个西瓜售价 12 元。有人趁我不在时撬开了商店门锁，导致六万人涌进来，每个人都拿走了一个西瓜」，再把上面的网友回复转换成：

- 「要是得花钱的话根本没人拿你的西瓜好吗？」
- 「你应该感谢人家撬锁的，至少还让六万人知道了你家的西瓜。」
- 「那些大超市发生被盗事件不比你多？怎么没见人家出声？你这存在感找的。」
- 「一个破西瓜卖 12 块钱？你怎么不定价成 12000 块？你就能说被盗让你损失超过 7 亿了。」

如果西瓜版本的回复，较之游戏版本的回复更让你觉得气愤和可笑，你就要警惕一下了，这代表着无论你是否有所察觉，你内心深处对文化创意类商品还是有着一定程度的偏见。西瓜与游戏，二者其实并无区别。

不过在诸多网友回复里，让我印象最为深刻的其实是这一句：

「你敢保证你自己就从来没用过盗版？你现在又有什么资格说别人?」

这段话的前半句着实戳中了我的痛处。我何止用过盗版，年少时我甚至还亲身制作过盗版。那时候刻录机还是稀罕事物，要靠租的，我刻过一盘名叫《金庸群侠传》的游戏，还有大概几十盘音乐 CD，这已经算得上最高级别的侵权了。即便成年之后，我使用的 Windows 操作系统在很长一段时间内也是盗版；几年前刚开始接触音乐制作时，使用的编曲软件 Logic Pro 也是盗版。考虑到文化行业特别是软件和音乐行业在中国的发展历史，我想 2000 年以前出生的人没用过盗版的概率实在小之又小，几乎所有正在看这本书的人都是「有罪的」。

但这段话的后半句却让我深觉不妥。在我看来，它假定人是不会进步的，并且断绝了人们自我纠错的可能性，形成了一个「我犯过错——

我有罪——我没有资格改正错误——我只能永远错下去」的逻辑链条。这链条在我看来不仅无法自洽，反倒应该被称为自暴自弃。

如果你不想自弃，打算尝试一下唤起自己的正版意识（在这里我们不讨论版权保护机制之类的问题，仅从自我唤醒的角度出发），最直接高效的方法就是自己也去做创造者。创造能让人了解创造之难——也就是抓头发、忘吃饭、砸桌子、不睡觉、骂脏话、刚坐下去又站起来再坐回去，就能让人对其他创造者感同身受，自然就愿意去购买正版了。但坦白说，社会常态历来都是绝大多数消费者在消费一小部分创造者创造出的东西，大多数人并没有机会和意愿去做一个创造者，因此想要自我唤醒正版意识，就需要一个更为普遍适用的驱动力。

照我的想法，这驱动力更应该是一道自私的念头：

「我想以后还能用到这些人做的更好的东西，这就是我买正版的原因了。」

关于「知识分子」

我认为对知识分子的定义不该被仅仅限于人文学科，它更应代表一种生活方式。照我的理解，一个热爱琢磨如何做好灌汤包，并且一直在学习相关知识、改进自己技能，最终在做灌汤包这个领域内有所建树的人，他也是一位知识分子。他所拥有的知识，甚至还可以遗泽后人。

今天中国喜欢读书并且自己尝试写些东西的年轻人，大概都绕不过王小波，毕竟「有趣」这种稀缺特质实在太惹眼，你很难不被他吸引。在王小波留下的几十篇杂文里，有多达三篇在直接探讨知识分子这个话题——《知识分子的不幸》《中国知识分子与中古遗风》和《道德堕落与知识分子》，热情之高简直到了不厌其烦的程度。不过即便如此，他自己也还坦言:「我到现在还不确切知道什么人算是知识分子，什么人不算。」

此外，大概是因为知识分子天生就怀有批判精神，所以知识分子之间的互相批判就一直没停过；好在大家同为知识分子，批评多止于学术层面，就算偶有偏激也有其价值。可是最近几年，知识分子在网络上受它的子集「公共知识分子」拖累，贬义意味变得格外明显，不仅仅知识分子在批判知识分子，简直全民都在批判知识分子，以显示「我是个很酷的互联网公民」。一旦全民批判起来，分寸感自然就没了，眼看着又一个原本美好且正经的词汇被毁掉，我们总该努力救一把。

第一要务，当是先搞清楚到底什么是知识分子。无论知识分子此前的定义是什么，我认为它的更新速度都过于慢了，或者说直白点，过时了。在互联网时代来临之前，知识获取的门槛非常高，在某些领域里甚至高到让人绝望。三十年前你想听听国外最流行的摇滚乐，非得生在大城市的富足之家，家里人有条件出国才能帮你买到唱片，如果没有这等条件，就只能去混有条件的那些人所在的圈子，在一个个文艺小团伙里艰难听齐老鹰乐队的头六张专辑，以及一堆被以讹传讹到邪乎的乐队故事（如今中国流行音乐的大佬们，倒是有一多半出自当时的这帮人）；而今天，只要你肯动三五下手指，哪怕是一个二十年前玩氛围浩室舞曲（ambient house）的英国乐团，你也能把他们的所有歌曲一首不落全听上一遍（这个此刻我脑子里正想着的乐团名叫 The Orb）。就算我们把时间推进到十年前，如果你想学习原汁原味的牛津大学哲学课程，那你需要——高考成绩考到省内最好的 1%，进入重点大学读上一年，提交牛津入学申请，通过一轮笔试，再通过 3 至 5 轮面试，入学牛津，终能如愿去上哲学课；而今天，你在搜索框里敲下「公开课」三个字，任意学科任意名校的课程随你挑选，看过之后你随口牢骚一句：「哎呀，我怎么觉得牛津的这几门哲学课，还不如耶鲁的有意思呢？」——这等话，放在十年前哪个人类有机会能讲出来？

知识的获取变得如此便捷，而且将越来越便捷下去，这是前人根本无法想象的事情。假设把一个前互联网时代的知识分子拽到今天来，面对唾手可得的知识海，只是想象他会变成什么样子，就让人觉得十分有趣（我的答案是，他最终会沉迷于游戏……）。既然知识分子的群体数量在急剧扩大，这个词里隐含着的精英主义属性也因此在被稀释，我认为不如就干脆趁此机会，把政治意味和学术意味从「知识分子」的词义里剥离出来（如果此前有的话），使它变成一个纯粹的只关于「智性」的词。这就是我所能想到的，让这个词免于被继续毁掉的唯一办法了。

那么，什么是知识分子呢？这是我的定义：一直喜欢思考，一直喜欢吸取知识，并且在某一个或几个领域里格外有所积累和心得的人。

我认为对知识分子的定义不该被仅仅限于人文学科，它更应代表一种生活方式。照我的理解，一个热爱琢磨如何做好灌汤包，并且一直在学习相关知识、改进自己技能，最终在做灌汤包这个领域内有所建树的人，他也是一位知识分子。他所拥有的知识，甚至还可以遗泽后人。

此外，我们今天还要额外注意一种「伪知识分子」的存在。伪知识分子其实历来都有，但在社交网络发达的今天这个群体格外兴盛。由于人们使用社交网络的唯一目的就是表达自我，自我表达越好就越容易受欢迎，所以「表达比真实自我更好的自我」，就成了一种相当大的需求。

我们在社交网络上传自拍前一定要用的美化图片类应用，满足的就是这个需求。这个需求放在知识层面，就如「买一本书，拍照晒出来，放入书架不再看」，就是一个典型的伪知识分子行为。

那么如何区分知识分子与伪知识分子呢？我要向大家介绍一个人，Marcus Geduld，此君是一位戏剧导演、编剧、教师、软件工程师，此外还常年研究心理学与恐龙。你看，只是把他的身份列出来，你就已经很愿意相信他是位知识分子了，并且由于他名声不显，这种信任好像就变得愈发坚定（如果我额外告诉你，他在国外问答网站 Quora 上是一个明星用户，常以导师的形象出现给人猛灌心灵鸡汤，这种信任是不是又开始动摇了呢？我们对知识分子的偏见还真是无处不在）。几年前他曾写过一篇文章，谈论知识分子与伪知识分子的区别，其中有一个区分方法让我印象深刻，我把它精炼如下——

甲：「我可以告诉你这个知识点，但你不能把它再告诉任何人，你甚至不能告诉别人你知道这个知识点。」

乙：「没问题，你说。」

则乙是知识分子。

甲：「我可以告诉你这个知识点，但你不能把它再告诉任何人，你甚至不能告诉别人你知道这个知识点。」

乙:「那算了吧。」

则乙是伪知识分子。

我认为这个判断方法已经足够好用了，但如果你需要一些总结性的文字，那么二者的区别可以总结为:

- 知识分子获取知识是为了满足自己旺盛的求知欲，伪知识分子获取知识是为了让别人知道自己获取了这项知识。
- 知识分子的诉求是「让真实自我成为更好的自我」，伪知识分子的诉求是「表达比真实自我更好的自我」。
- 知识分子在意一篇文章里的思考角度和方法，伪知识分子在意一篇文章里可以被其说出去的金句。
- 知识分子尽可能将知识应用于实际操作并享受其过程，伪知识分子尽可能将知识剥离出实际操作以免自己受累。
- 知识分子喜欢不停提出问题并解决问题，伪知识分子既不喜欢提出问题，也没能力解决问题，他只「装作关心问题」。

这样一对比，我想我对「知识分子」的定义已表达得非常清楚了，最后，让我们再来讨论一下（深吸了一口气）——公共知识分子，也就是「公知」的问题。在这里，我们把「知识分子」设为前文里我刚刚提出的那个定义；再把「公知」设为今天绝大多数国人所理解的「热心参与政治，并且拥有一定社会影响力的知识分子」。

我的观点是，知识分子并没有必须参与政治的义务，相反，绝大多数知识分子其实是远离政治的（这也是为什么把知识分子和公知混为一谈然后进行无差别攻击是非常愚蠢的）；但是，一旦一个知识分子决心参与政治，那从他做出决定的那一刻起，他就拥有了一项义务——他要帮助政客们一起寻找真相。

同时你必须想明白的一点是，知识分子这个群体，他们本身既不一定拥有敏锐的政治洞察力，也不一定拥有较之常人更高的道德感。于是他们成为公知之后，其中一部分会变成权力系统的附庸，一部分会变成为达目的不惜造谣生事的骗子，一部分尚可继续坚守自己的义务做一个真相探寻者，这就没什么好奇怪的了（有趣的是，其中的前两类人，往往会觉得自己其实是第三类人），这跟任何一个群体或者职业最终的演化并无太大区别。

不经辨别就去鄙视、声讨、消灭公知，这毫无疑问是一种反智；学会对可耻之事进行精准定向的打击，才有益身心健康。毕竟，一个社会对智性和知识的尊重程度，直接决定了其文明程度。

关于「性取向」

如果我和别人略有些不同的话，我想也只不过是在我的世界里，比起「必须是异性」来，「不反智」「富有正义感」「幽默」这些特质会更加重要一些。

当我开始频繁被人认定为 gay 时，就自己找了一下原因。

以我所见，一直以来男生们聚在一起针对 A 片之类的色情内容高谈阔论，是一种常规的社交手段，可能除了语气会猥琐一点、神情亢奋一点，它跟谈论一场球赛或者一部电影并无太大区别。而女生们谈论性话题的需求其实同样强烈，但这种需求在相当长的时间里都没有被满足，毕竟碍于颜面和社会风俗，女孩总是不太方便在公共场所对这些东西发表言论、交流观点。直到互联网时代来临，一小部分始终怀揣好奇心并且勇于探索的女孩们，在一块新大陆上发现了一个细小分支——日本漫画里的 BL 同人内容（根据已有的漫画进行改编，着重刻画男性角色相爱的漫画和文章，BL 即是 boys' love 的缩写。另有一词叫「耽美」，这个词其实原本并无男男相爱的意思，它只是一种文学写作风格，但动漫圈把它征用后，很快就消灭了其原意并垄断了它的使用权，足见市场之大、民意之坚）。这些 BL 内容的表达相对更唯美，攻击性更小，没有那么多直接到让人不适的重口味元素，反而给女生们提供了相当大的自主幻想空间。这就好比一个从前只卖变形金刚的玩具商店，忽然也开始卖芭比娃娃，一个硬需求得到了妥善满足，新局面就打开了。借助发达的社交网络，只用了非常短的时间，这种对男男之爱的带有一丝戏谑的推崇，就席卷了整个中文互联网世界。

与此同时，在世界的另一端，从 1969 年的「石墙暴动」事件开始，西方国家的 LGBT 群体（女同性恋者、男同性恋者、双性恋者、跨性别者）开始了为自己争取权益的运动，到 20 世纪 90 年代其影响力日渐扩大，越来越多的国家实现了同性婚姻合法化。许多传播甚广的文艺娱乐作品里，LGBT 群体及其元素也被更多体现。拿美剧举例（跟多数人想象的不同，相较于欧洲，历史上美国对同性题材艺术作品的接受度其实非常低，1931 年德国就拍摄了世上首部女同性恋电影《穿制服的女孩》，而这部电影在美国却遭禁，即便当时的总统夫人、杰出的女政治家安娜・埃莉诺・罗斯福高度评价并力挺它，电影也只是小规模上映了一下，并且其中所有同性情节还全被粗暴剪掉了。有艺术追求的电影尚且如此遭遇，以收视率和广告为生命线的电视剧就更不敢越界了），从前在剧集里加入同性恋情节是相当危险的做法，老派保守的那部分民众一定会选择弃剧；而今天，一部剧里如果没有同性恋角色，简直成了一种「政治不正确」。当电视剧集都在拼命加入同性元素时，你就知道它已经被广为接受，甚至成为有效提高收视率的手段了。更不用提欧洲西北部不列颠群岛上的那个国家，它被中国的网友们直接称为「腐国」。

无论东方还是西方，同性文化都在各自社会里大行其道，这就衍生出了许多迫不及待的贴标签行为。比如，「如果一个男人毒舌，他就应该同时是 gay」——我就是如此被人划分的。假如事情止于此其实没什么，毕竟被大家消遣也是我的分内之事，但很多 gay 开始用发自己私密照片的方式来向我介绍自己，这就给我造成了很大困扰。我能理解他们这样做的苦衷，无论旁人怀着何等的好奇心在看重这个群体，真正属于这个群体的人毕竟是少数，这个群体里的多数人终生也都无法在生活圈子里找到同样性取向的人，无奈之下，他们只能寄希望于互联网上一个自己想象中的人。理解归理解，但你不能恶心。当时的情况是，我着实被其中一些欠缺分寸感的人恶心到了，为了让自己免于这种恶心，我开始用决绝冷淡的语气一一回复他们：「我是直的。」后来更是干脆在自己的微博介绍里也加了这么一句进去。

好的一方面，此后我受到 gay 群体的骚扰果然少了很多；坏的一方面，这句生硬直白的介绍，反而被 gay 群体之外的人们解读为欲盖弥彰……你也知道的，「自辩直男」这件事，历来没有什么成功率可言：

- 你不交往女朋友，「我就说他对女人不感兴趣吧？」
- 你交往女朋友，「这不就是拿谈恋爱来给自己打掩护吗？」

- 你结婚了,「女方也太可怜了吧？同妻啊！」
- 你有了孩子,「你说他们俩这是借种生子还是试管婴儿？」

我的性取向问题就这么解释不清楚了。说来这也怪不得别人，我确实从没有正面、直接、坦诚的聊过这个问题，因为它实在是一言难尽，而我又不想在一个很容易被「断章取义」和「标题党」的语境下谈及它。我想这本书是一个绝好的机会，无论成功与否，我打算尽全力试一次。

在生命的大多数时间里，我都是个胖子，尤其是在有机会跟很多异性接触的学生时代。从小学起，我就一直被同学们认为是丑陋蠢笨的，并且我自己也深知这一点。幸好那时我学习成绩极佳，考试若非第一就是第二，这就很能获得老师的偏爱，当同学们第一次当面取笑我为「肥猪」时，我痛哭一场，立即便得到了老师的庇护，自那以后大家就不大方便再取笑我了，我脆弱的自尊心才得以保全。除了体形肥胖，我还自幼多病，两岁前的大多数时间都在医院里度过，运动能力自然也非常差劲。我记得小学时校园里 200 米每圈的跑道，体育老师要求跑三圈，我总会被最快的同学套一圈；还有一种名为「跑跳绳」的常规运动项目，手里一边挥舞着跳绳一边向前跑，其他学生都可以非常自如的跑步前进，仿佛挥舞的绳子根本不会对脚造成任何障碍，而我则要非常笨拙的每跑两步就停下来，把绳子挥到脚前，特意迈过去，再向前跑两步，如此反复。每一堂同学们最爱的体育课，对我而言都是一场大型的丢脸盛宴。可以想见，在女生眼里，年少时期的我是多么缺乏吸引力，没有任何女生愿意跟我玩游戏、递纸条、牵牵手甚至仅仅是注意到我，而我那脆弱的自尊心又驱使我故意做出一种比之更无所谓的可笑姿态来——我只跟男生一起玩。

可能是因为我本身又肥又弱的缘故，我发现自己只喜欢跟又瘦又弱的男生一起玩耍，对方越是病态苍白脆弱，就越是让我喜欢，好像只有如此我才能从中获取一些安全感。英国有一个叫 Simon Amstell 的 stand-up comedy 演员（这个词组常跟 talk show 一起被翻译成「脱口秀」，但其实它跟脱口秀是完全不同的表演形态，脱口秀是在电视台播出的包含很多环节的整期节目，而 stand-up comedy 你可以根据字面意思，大概理解成西方的站立单口表演），他曾在一次自白式的表演里表达过跟我类似的喜欢病态苍白脆弱肉体的经历，这就让我非常喜欢他。

又扯远了。这种对同性瘦弱肉体的奇怪癖好，伴随了我大概三四年之久，然后我走向了另一个极端。时间是在 1998 年，那时期 VCD 播放机开始盛行，录像带这种载体逐渐走向没落但还没被完全淘汰掉。在我记忆里，香港回归以后，家附近的录像厅就可以租到大量奇怪的香港电影，这其中有些小孩子能借，有些小孩子不能借。等我再长大一点就会知道，那些不能借的是色情三级片（虽然等我真的长大一点时，录像厅就不复存在了，我终究再没机会看到录像带里的三级片是什么样子）。在所有小孩子不能借的录像带里，有一盘被格外特殊对待——那盘带子非常破旧，可见借阅的人颇多；录像厅老板专门用当时少见的牛皮纸给它做了一个保护壳，可见老板对它的喜爱；带子侧面的贴纸上，挂着手写的两个斑驳毛笔小字，「力王」，搭配着牛皮纸昏暗的黄褐色，以及纸面上的点点油渍和污渍，那盘录像带散发出一种让人莫名敬畏的气息。

1998那一整年，我和我的玩伴们耳闻了无数关于《力王》的传说。比我们大上三四岁的大孩子们，有几个特别叛逆的，声称他们看过这部电影，每当我们缠问他们电影里演了什么，他们总是会先彼此对视，集体发出「哇哗」的惊叹怪叫声，等我们的胃口被吊起来开始雀跃时，他们却又会一边用手指戳我们的后脑勺，一边无情嘲讽起我们的年龄。虽然遭受了如此侮辱，但对这部电影强烈的欲望还是驱使着我们一次又一次的去缠问，然后被羞辱。

跟少年时代的大多数事一样，这件事也毫无征兆、没头没脑的迎来了转机。那年寒假，临近春节的一天，我去到堂弟家里玩耍，愕然发现那盘我魂梦系之的录像带，就直挺挺被摆在录像机旁。那是我第一次见到褪去牛皮纸壳后的录像带本体，在别人眼里，它也许跟普通录像带没什么区别，但在我眼里，它是如此的……病态苍白脆弱啊！

我根本无法掩饰自己的激动，当即便提出要借走它，但堂弟害怕被他父亲发现，我们只能商定在那周周六下午，趁他家中无人时再一起观看。我略微纠结了一下，额外提出能不能带上我的另几个玩伴们一起来，堂弟欣然答应——因为跨行业和领域很多的缘故，我在生活里做的选择较之常人要多一些，很多选择都已淡忘了，但这个选择却始终让我印象深刻并洋洋自得，我认为从那时起，自己就展现出了乐于分享的品质，虽然我确实也冒出过自己先行看掉再去跟玩伴们炫耀的想法，但这想法瞬间就被分享带来的预期喜悦给消灭掉了，这毫无疑问是一种高贵的品质。

荒唐的是，我已经完全不记得《力王》的故事情节了。关于那个改变了我一生的周六下午，我记得的是另外一些东西：我们几个人进屋时都穿着厚厚的棉袄，在观影途中都脱掉了；看完电影后，我的玩伴们很郑重的拿起笔，把录像带上已经褪色的「力王」二字重描了一遍，以示对它的情感；还有就只剩下电影里许多男人隆起的胸肌和肩部，粗壮的脖筋和大臂，以及它们在血液和牢笼里奔腾翻滚的画面碎片（那是部很符合大卫·波德维尔描述的「尽皆过火，尽是癫狂」的香港电影，充满了血腥暴力，它也是很多80后的cult电影和B级片入门作）。也许是这部电影被我赋予的额外神秘色彩作祟，也许是我肥胖虚弱的肉体找到了跟自己完全相反的对立面而发出了哀鸣，总之电影只看到一小半，屏幕上那些男人肉体的画面，在我毫无准备的情况下，出乎我想象极限的——使我勃起了。

一个十岁男孩的直觉告诉我这是大大不妥的。我当即涨红了脸，汗水瞬间就湿透了内衣和棉袄，就连重力似乎都在我身上失效，我感到身体的全部重量集中起来冲向了太阳穴，大脑在「突突突」的节奏里一阵阵眩晕。我预感自己会因此遭受惩罚，但又不知道这种惩罚会是什么样、会在何时降临，这就让我更加害怕，几乎要哭出来。但我随即又想到自己绝不能哭，否则会让在场的其他人察觉到异样，我的罪行就会败露，届时全天下都将知道我是一个罪恶的怪胎。我可以是个丑陋的胖子，但绝不可以是个罪恶的怪胎，我脆弱的自尊心根本无法承受这种事。也是自那一刻起，我打定主意这件事全世界只能我自己知道、我自己处理。就在这无序冲击的千百种念头将我淹没之际，我灵光一闪的做出了一个举动——我迅速脱下棉袄，然后用强硬的语调叫嚷:「热成这样，你们傻了吗都不脱?」我甚至临时起意拿脱下来的棉袄猛擦了一把脸，以掩饰几乎已控制不住要流下来的眼泪。

谢天谢地，这一招奏效了，玩伴们竟然真的听从了我的指令。他们一边盯屏幕一边脱棉袄，就完全顾不上看我，让我逃过这一大劫。接下来的大半部电影，我都在煎熬中度过，只要看上几眼屏幕里的画面，我就又会不受控制的勃起，只能再盯着电视机的边框分散注意力，以此跟自己的罪恶欲望斗争。整部电影被我看得七零八落，影片结束后我几乎累到虚脱，好笑的是，这倒跟真正看完电影的玩伴们的反应是一致的。

整个寒假，我都在等待惩罚到来的惶恐中度过。等终于发现这种罪恶别人无法得知、自己其实非常安全之后，我的恶习就又发作了。当时租漫画书已经在男孩间流行起来，好像永远都看不完的《七龙珠》是大家的最爱。我个人却对那种画风提不起精神，反倒特别钟情于黄玉郎的一本《天子传奇》（这本漫画的前13卷由黄玉郎和黄易共同担当编剧，也是我看过的第一部黄易作品，而我当时根本不知道他是谁）。这本漫画虚构的是周武王的故事，里面同时兼具中国古典感与西方爆炸感的男性肉体当然是吸引我的最重要原因，日后被很多人诟病的「夸张肌肉+武侠玄幻=香港漫画」的单调元素，却正好完美满足了我的罪恶欲望，我从那些夸张的肌肉里甚至看出了一丝「神性」，这让我深深迷恋无法自拔。多年以后，我在三岛由纪夫带有自传性质的小说《假面自白》里也看到了类似经历，就也非常喜欢他了。你看，这种喜欢跟前文里提到的对 Simon Amstell 的喜欢其实是一样的，我们总是会对跟自己有同样罕见经历的人怀有好感，某种意义上，可能是因为对方的存在让我们觉得自己不孤单吧。

男孩对女孩的欲望从朦胧转为炽烈好像就在眨眼之间，大概十二三岁升入初中后，身边的男同学们想要跟女孩在一起的欲望就展露得非常赤裸直白了，可我却迟迟无法对女生产生性冲动，这让我非常焦虑。那个时期我先别人一步接触互联网，已经开始大量听国外摇滚乐、混迹早期的中文互联网 BBS，并逐渐诞生了一种非常可笑的优越感，认为自己的水平和境界远超旁人（至于到底是什么方面的水平和境界，我也说不清楚，这就显得尤为可笑），整天摆出一副生人勿近的样子，着实唬住了不少同学。现在想来，我至今觉得十二三岁的小男生讨厌，应该就只是在讨厌当初的自己吧。

虽然开始变得特立独行，但我自己知道这只是强装出来的用以掩饰自卑的手段，内心深处我还是渴望能像正常人一样，特别是在喜欢女生这一点上。我开始急切的尝试各种方法——明面上，我给自己找了一个暗恋对象，方便被人问起「你喜欢哪个女生?」时能交出一份答案；暗地里，我用着 33.6k 的调制解调器在网络上异常艰难缓慢的打开一张又一张的女性裸体照片，逼迫自己长时间观看，试图唤醒对异性的欲望。

这个强行改造计划我坚持了足有一年，毫无成效，反倒让我对女性的身体生出了逆反的厌烦之感。在其他男生看到女生一点点裸露部位就变得激动的年纪，我还是对女生们无动于衷。与此同时，我给自己指定的暗恋对象，跟另外一个男生谈起了恋爱，我奇怪的自尊心再一次受到打击（我也不知道到底是哪来的打击，这个女生明明跟我毫无关系）。我很快转学去了另一所学校，并且再也不打算逼自己喜欢女人了。当我决心放弃之后，事情却又一次毫无征兆、没头没脑的发生了改变，改变方式简直让我匪夷所思。

那时期我沉迷于电脑游戏，开始接触到《暗黑破坏神 2》。这款游戏跟我以往玩过的游戏大不一样，此前玩的游戏多由大陆、台湾或日本开发，整体画风都偏向亚洲审美的轻灵可爱风格，女性角色的存在多有「物化」之倾向，都是为了与男性发生恋情。而《暗黑破坏神 2》来自美国，游戏整体色调极灰暗，女性角色与男性角色除了外形设定上有区别，在剧情上被一视同仁，这就让我十分喜欢。这款游戏里有一个角色叫「亚马逊女战士」，最初我并没有过多关注她，我的首选人物当然会是肌肉健壮发达的「野蛮人」，次选人物则是病态苍白脆弱的「死灵法师」。直到一个百无聊赖的早上，我决定用亚马逊女战士新开一个档，结果刚进入游戏，我竟然就被她的跑步姿势吸引了。

让我解释一下，这款游戏的设计相当出色，不仅仅是美术前所未有的精细，更关键的是动作设计做得非常逼真，游戏里亚马逊女战士的小腿瘦长且紧实，站立时小腿与脚部的连接曲线呈现出一种完美的锐角，跑起来时则有一种流畅、紧凑、有力的感觉，如同一头充满了野性的小鹿，那姿态在我眼里颇具原始之美感（如果你现在重新找出这款游戏，仔细观察一下她，你应该会觉得：「这是什么烂画面啊？」很多时候，世界是需要我们脑补的）。这种动态画面带来的视觉刺激，完全有别于我此前已经免疫了的静态色情图片，给我造成了巨大的冲击，我似乎又回到了那个几年前观看《力王》的下午，在同样毫无准备、出乎想象极限的情况下，我发现自己勃起了。

我当场喜极而泣，头脑空白了不知多久。我无比想把这种积攒了多年后终于爆发的巨大喜悦分享给他人，但偏又不能告诉任何人。那一整个早上，我在游戏里不打怪也不推剧情，像个傻子一样，操纵着亚马逊女战士在地图上来回折返跑，我的眼睛紧随她的每一个步伐，没有一次掉队，那是我人生中最快乐的场景之一。等我终于平静下来，随即又开始担心这被雷劈出来的幸运火种会不会随时熄灭掉，好在这一次我的目的性非常明确，我专门去网上寻找那些欧美女性紧实小腿和足部的图片，果然取得了可喜的成果（说起来，我之前一整年寻找的女性裸体图片确实全都是亚洲女性为主角，或者干脆就是漫画）；第二天醒来、第三天醒来，火种依然没有熄灭，我终于可以确定它是真的了。在那个时刻，我完全没考虑过这种对女性小腿和足部的强烈迷恋，是不是另一种变态，只沉浸在「我几乎是个正常人了」的巨大幸福感里，而距离成为一个真正的正常人，我只差最后一步——在现实世界里找到一个女朋友。

新世界的大门打开以后，我开始从另一个视角（字面上的意思，说白了其实就是俯视）观察身边的女同学，并且很快就锁定了目标。她的身形比我设想的要略瘦一些，但很健康，拥有我梦寐以求的细长紧实小腿，还有一双薄薄的脚。那时候体育课上女生们要练习跳远，我常在一旁偷看，每次她蹬地跳出的瞬间，我都会被她长长的跟腱吸引。我知道这就是我要征服的目标，是我迈向正常人类的最终挑战，于是燃起了前所未有的动力，先从让自己不再是个蠢笨的胖子开始。

为了重塑体型，我花费了大量时间去练习篮球，虽然连最基本的运动天赋都欠奉，但炽烈的欲望硬是让我坚持了下去。初中二年级的暑假过后，我皮肤晒得黝黑，球技越发熟练，体重也如愿下降，身高更是猛涨了 20 公分，蹿到了 180 公分以上（那个暑假以后，我此生再也没长过个子）。我的正常人计划因此走得异常顺利，我很快就跟那个女生确立了恋爱关系，并且随着时间的推移，我也逐渐可以对真实存在的异性顺利产生性冲动了，我猜这可能是雄性荷尔蒙在那个时期开始大量分泌的原因。无论如何，我终于成了一个正常人（虽然结果美好，但有些事是无法弥补的。人在小学和初中阶段，是最容易确立自己喜欢明星和偶像的年纪，我因为在此阶段对女性缺乏兴趣，导致喜欢的歌手、影星、艺术家、运动员等等皆是男性。虽然之后我曾多次强迫自己去喜欢某几位女星，但在我眼里，她们的性吸引力始终不如男性。时至今日，我都还不知道拥有一个异性偶像是种什么感觉。这种细碎小事，只要想起来就还是会让我烦躁）。

写到这里我真该就此收手，毕竟这已经是一段足够完整且坦诚的告白了，就此打住的话我应该还可以用「历经坎坷但最终回归了正常性取向」的面目示人，我的生活和事业也应该不会因此遭受什么影响。但是既然我已经花了如此多的笔墨来谈论这件事，如果不在最后阶段把它说透彻，那就太可惜了。

真实情况是，虽然我已经可以做到在生理和心理层面都爱上女性，但对男性身上美好特质的迷恋，始终都伴随着我，它未曾从我身上被驱逐出去。严格意义上，我是一个「双性恋者」。我知道这个词看起来很可怕，这个群体一直以来也被大众误解颇多，甚至比起「同性恋者」都还要多一层误解——在不少人眼里，它天生带有一丝滥情和不忠的意味，人们认为只要一个人是双性恋者，他就一定会同时交往两个不同性别的人。这当然是一种因为缺乏了解而带来的偏见，以我自己为例，我此生都还没有机会真正跟心仪的男性进入一段恋爱关系（所以我暂时只能被称为「精神上的双性恋者」），就更不可能同时交往两个性别的人了。

对于自己的性取向，我在成年之后就没有过多在意了，我从哲学家罗素那里借用了他的方法——「我逐渐学会对自己和自己的缺点漠不关心，我逐渐学会把注意力更多放在外界的事物上」——把精力用在了其他有趣的事物上。在这个过程里，我慢慢习惯了既不以自己的性取向为荣、也不以它为耻，只是顺其自然。在我看来，关于爱上一个人这件事，我跟所有人一样，都是会对某些特质有所偏爱，又会因为几种特质的叠加而最终爱上一个人。如果我和别人略有些不同的话，我想也只不过是在我的世界里，比起「必须是异性」来,「不反智」「富有正义感」「幽默」这些特质会更加重要一些。

仅此而已。

关于「婚姻制度」

最初人类并无婚姻概念，当时生产主要靠打猎捕鱼，于是很自然，一个人类族群里渔猎能力最强的男性，获取最多的交配权。这一阶段的人类繁衍靠的是「乱交」，与今天的黑猩猩无异。

如果你看完上一篇，没有愤而弃书，我才敢跟你分享这一篇。但我不敢保证你看完这一篇，会不会也愤而弃书……

这篇书稿写于 2015 年 6 月 26 日晚间，就在一小时前，美国最高法院做出了历史性裁决，裁定同性婚姻自此将受其宪法保护，全美 50 个州的同性伴侣都将平等享有法定婚姻权。美国成为全球第 21 个婚姻平权国家。

我为此感到高兴，却没有料想中那么高兴。因为一方面，我是个精神上的双性恋者，我为 LGBT 群体的人权获得保障而欣慰；另一方面，我又同时是个婚姻制度的反对者，我认为这种落后的制度已经完全跟不上今天社会的进步速度（唉……又要麻烦你接受一下），而同性婚姻合法化使得这种理念更难被大众接受——从前我们这些婚姻制度反对者，面对的阻力几乎全来自异性恋群体；而如今越来越多的国家实现婚姻平权，很多 LGBT 群体们也反过来开始维护起婚姻制度。

事实上，美国最近这一轮 LGBT 运动的宗旨原本是「超越婚姻」，2006 年，250 个来自美国社会各界的学者、艺术家、作家、教育家联名发布了这个声明，主张家庭关系应当包含比婚姻更为广泛的关系形式，例如老年伴侣关系、多代同堂的移民家族、非配偶照护关系等，使人们不必屈就于婚姻也能享有社会之保障。但最终我们得到的结果，却从「超越婚姻」变成了「加入婚姻」。这让我无比纠结，实在分不清楚同性婚姻合法化这件事，到底是同性运动的胜利，还是婚姻制度的胜利。

根据此前我与人探讨这个问题时的遭遇，我觉得有必要提前与你达成两个共识——第一，在婚姻制度的反对者里，有一些人是出于自己的私欲而反对，比如有男人希望借此可以「一夫多妻」、有女人希望实现「一妻多夫」，以此来满足自己的占有欲，这些在我看来都是目光短浅、借机起哄的可笑行为；第二，我所反对的，仅仅是婚姻制度，而不是爱情、亲情或家庭（事实上，我对这三者充满着无限的热爱与渴望）。婚姻制度就只是一种经济制度发明而已，它在人类历史上演化了很多次，而且越发跟不上社会的前行步伐。

最初人类并无婚姻概念，当时生产主要靠打猎捕鱼，于是很自然，一个人类族群里渔猎能力最强的男性，获取最多的交配权。这一阶段的人类繁衍靠的是「乱交」，与今天的黑猩猩无异。

后来一部分女性在长期采集中总结出了一些植物生长规律，农业就出现了；随着农业发展，逐渐有余粮可以喂养动物，畜牧业也出现了。农畜二业的发展让人类可以不必再逐水草而居，逐渐过上定居生活。此时的社会生产分工，女性负责种植养殖，男性继续打猎捕鱼，前者产出远高于后者，社会生产力变成了主要由女性提供。男性的社会地位因此被边缘化，人类进入了母系社会。在这一阶段，女性们开始以部落形式定居，男性们则游走流浪于这些定居点，随时与女性交配，这种形式历史上称为「走婚」，但我觉得称之为「走交」更合适一点，毕竟这只是一种交配形式，而非一种强制执行的婚姻制度（今天在中国西南部的少数民族里，还遗存着真正意义的走婚。男女双方没有婚姻关系，白天在各自家庭里生产劳动，晚上男方去到女方家里居住，双方关系的维系全凭感情，一旦感情转淡，女方只需要不再为男方开门，这段关系即宣告和平结束）。

走婚时代（这听起来很适合做国产电视剧的片名），男人成为名副其实的「精子提供机」，女人则在部落里安全的繁衍哺育，这种前所未有的高效繁殖，使人口数量激增。人一多，资源就不够用，于是部落之

间开始打仗抢资源。一旦进入战争，男性就重新变得抢手起来，更强壮的身体让他们在战斗中拥有绝对优势，他们逐渐回到了社会权力的中心。到这一时期，每个部落的人口规模已变得非常庞大了，大部落中开始有小群体产生。这种小群体由部落里有权有势的那些人建立，自私的基因让他们想尽办法去垄断更多生产资源，以巩固自己的权势地位，于是，真正的「婚姻制度」被发明出来。最初的婚姻制度，确切的说应该称之为「X 夫 Y 妻制」，即不限婚姻内的男女数量，大家的结合只为了更多的资源。这也就形成了世界上最早的「家族」。

随着生产力的进一步提升和男权的进一步巩固，为了稳固家族内的平稳与利益，免于内斗带来的倾覆之灾，家族开始演变成只以一个男人为中心的形态，现代婚姻制度的雏形「一夫制」由此诞生。到这一阶段，婚姻还一直是权势群体独有的行为，他们的婚姻也多是「一夫多妻制」。等生产力继续进步到社会底层群体也可以勉强度日时，底层的男性们开始赶时髦，模仿起权势群体的行为也去娶妻，权势群体对此也乐见其成（此时正是奴隶制时期，奴隶结婚后生出的孩子，可以继续给权贵为奴），「一夫制」的婚姻制度自此在人类当中普及开来。

「一夫制」主要包括「一夫一妻制」和「一夫多妻制」，跟很多人想的不同，这两种形态在接下来数千年的时间里其实一直共存着——直到 20 世纪 40 年代，人文学者对 238 个国家和地区进行考证，发现其中 43 个是「一夫一妻制」，195 个是「一夫多妻制」。在这漫长的时期里，人类以婚姻为原点，建立起一系列的社会和法律制度，以确保它的财产保护功能。但这毕竟是一种落后的制度，它的问题开始越来越多的显现——过去万年的时间里，人类结婚是为了更好的生存，但随着生活水平的暴涨、社会福利制度的完善、商业公司各种定制服务的推出，人类忽然发现自己不结婚也能活得很好。对人类而言，婚姻不再是必需品了，于是结过婚的开始更多选择离婚，没结婚的干脆继续选择不婚，婚姻制度开始崩溃。但偏偏之前的很多社会和法律制度又是以婚姻制度为原点构建的，执政者们不敢轻易做出改变，只想走一步看一步；而不婚伴侣以及不被法律认可的伴侣，他们的权益因为没有婚姻而得不到保障又是实实在在正发生着的。这种不可调和的矛盾，就是婚姻制度如今最大的症结所在。

好在有些国家敏锐察觉到了婚姻崩溃的必然性，开始寻找替代方案。法国在 1999 年推出了「同居协议」，无论同性还是异性，一对同居恋人都可以在该协议下组成合法家庭，这对伴侣的关系被称为「民事伴侣关系」，享有各项与婚姻相似的权益（这里有组数据反映出它有多受欢迎：2010 年，法国全年登记结婚者 24.9 万对，登记民事伴侣 19.5 万对）；德国在 2003 年也推出了类似协议；英国做得更彻底（毕竟我大腐国），2004 年干脆政府出面发出警告，要求所有同居且不婚的伴侣们都来签同居协议，免得以后发生财产纠纷。

你看，其实人类已经找出了更好的解决方案。顺着这方案的思路，我认为未来人类会很快把婚姻制度淘汰掉（尤其是走在前面的欧洲各国），改为「家庭协议制度」，即数量为 N 的人类（N 大于等于 2，但是否必须小于某一个数字，则要视未来的生产力水平而定），在届时法律的规定和允许下，将各自的权利与义务经过明确协议之后，自愿组建为一个家庭。在这种家庭里，人们不必要住在一起，也不一定必须发生性关系，他们只是在反复尝试、思考、总结之后，组成了一个最有利于自身发展的利益共同体。

扯远了，我们说回到更现实的「同居协议」。按照丘吉尔所言的「美国人总是会做出最正确的选择，在他们把其他所有方案都试过一遍之后」，美国实行这种协议也是早晚的事情。但若想也在中国实施起来，恐怕需要更久的时间。在传统国人眼里，「商量财产分配」非但不是一种负责任的行为，反而是一件大伤感情的事，电视剧《西游记》里猪八戒的名言就是这种观念的终极体现——「咱们还是分行李散伙吧！」——你看，分行李就等同于要散伙。以目前中国的国情，「婚前协议」尚不能被广泛接受，何况「同居协议」了。

但是这并不影响我们关注并探讨此问题，事实上，正是因为大众对这些问题了解甚少，我们才更应该广泛的去讨论它。人们对一件事的恐惧往往源于对它的不了解，而开始讨论它，就是通往了解的第一步，在我眼里，这能真正为这个世界「减少恐惧」。

这篇书稿写完的第二天，纽约前市长 Michael Bloomberg（在我眼里他是 21 世纪前 15 年里最杰出、最纯粹、最具研究价值的政治家，而这还只是他若干身份中的一个。借用纽约脱口秀主持人 Jimmy Fallon 对他的评价：「谢谢你，市长先生，在你完全可以当蝙蝠侠的时候选择来当我们的市长。」）被人问起是否接受同性婚姻，他的回答是：「异性也不该结婚。让我们抛开所谓的政治正确仔细想一想，原本同性恋群体是有机会撬动婚姻制度、使它退出历史舞台、推动文明进程的，但现在他们却要求『枷锁也给我来一份』。」

何等的言简意赅、鞭辟入里！无怪乎人家能当市长，我只能当艺人。

关于「个性化阅读」

所以「个性化阅读」其实就是「不个性化阅读」，它推送给你的，永远都是之前的你想看的。

「个性化阅读」是最近几年才兴起的概念，但是我没想到它只用了这么短的时间就渗透进了我们的日常阅读，至少在新闻资讯层面，今天的大多数产品都在应用这个概念。它的具体功能，照市面上最火热的几款个性化阅读产品的口号，就是可以「智能猜出你喜欢的文章」，并且以「你关心的才是头条」为准则将信息推送给你。

这实在是个可怕的功能，在我看来，它是程序员们滥用智力的产物（对程序员这个群体来说，智力即权力）。如果一个程序员到了「我的算法可是能算出人们喜欢什么东西呢！」的程度，说明这个程序员很厉害；如果一个程序员到了「那我以后就只给人们看他们喜欢的东西吧！」的程度，说明这个程序员变成了独裁者。

毫无疑问，任何人的阅读都是有选择性的，如果你把信息全盘呈现给我，我自己决定要看其中的某一部分、不看剩余部分，这就只是我的正常个人选择；如果你自行决定只把信息的某一部分呈现给我，剩余部分不予呈现，那你就限制了我获取信息的自由。对此你可能会反驳：「这不是我自行决定的，而是算法根据你以前的选择做出的分析，这其实是你自己的决定，我们只是帮你节省了时间。」那你就默认了今天的我跟昨天的我一样，口味是永远不会发生变化的。

所以「个性化阅读」其实就是「不个性化阅读」，它推送给你的，永远都是之前的你想看的，这也违反了阅读的本意——阅读应该是智力挑战，而不是智力纵欲；应该是探索未知，而不是圈地自萌。

最关键的是，像我这样自认为有个性的人，一旦被算法算出了我喜欢什么，只会恼羞成怒，觉得自己再也没个性了。

关于「直角引号、空格与『的地得』」

事实上，无论是直角引号、空格留白还是「的地得」用法，所有的旧规范，都是被人们广泛讨论、实践、总结后才得以发生改变，演变出了新规范；而所有的新规范，未来也一定会变成同等落后恼人的旧规范，等待被后人再次推翻。

想必你也发现了，这本书里个别标点和字词的使用有些不合规范，比如所有的引号都使用了中文直角引号；比如在「的地得」三字的使用上，我也彻底弃用了「地」字。这些都是我多年来经过了解、学习、修改后逐渐养成的个人习惯，它们虽不合规范，但一来我认为这些规范本身就有可供商榷之处，二来我也有充足的理由「自圆其说」。

先从直角引号说起。古代中文一直没有通用的标点符号，断句基本靠猜，因此常有歧义，一句「下雨天留客天留我不留」能断出七种意思。这种情况一直持续到清末，西方国家的标点才由张德彝不经意引入进来。当时正逢洋务运动，清政府创立了专门培养翻译人才的「同文馆」，张德彝是同文馆里第一期学英文的学生。学成之后，他跟随使团出访欧美，每到一个国家，就把当地的风景习俗记录下来，最后集结成书，其中便有对欧美各国写字用标点的描述。但张德彝提到标点时，其实带着贬义口气，他觉得这东西琐碎，一旦用了还会显不出文人能断句的语感水准。但无论如何，标点确由此开始被国人了解。

此后过了近 30 年，有一位叫王煜初的著名牧师，在他的著作《拼音字谱》里第一次把日文标点「钩括弧」引入中国，作为引号使用。因为这个符号的形态体积与汉字非常协调，在胡适等人后来的提倡下，它就成了通用的中文引号，也就是直角引号。所以一直以来都有的「直角引号是繁体中文独有的标点」说法是错误的，直角引号是适用于所有汉字的标点。

到20世纪50年代中后期，中文的书写行文逐渐由之前的竖排变成了横排，自那时起，一部分人开始把直角引号改用成英文引号（就是我们现在常用的弯引号）。改用原因众说纷纭，但最主要的说法，是当时人们受「超英赶美」思想的影响太深——要知道，就连当时被英国殖民的香港，也没有改用英文引号，而是沿用着直角引号；反倒是内地，不仅用起了英文引号，还干脆越过英国用法，直接采用了美国用法（英国用法是单引号用作最外层的一级引号，双引号用做引号内的二级引号；美国用法与之正好相反，也就是我们今天的用法）。到了1990年，官方推出的《标点符号用法》里，更是将弯引号列为了国家标准。

用西文标准做中文标点的恶果，随着计算机的普及日益彰显。1994年，为了解决跨语言、跨平台的文本处理要求，一种名为Unicode的计算机字符编码诞生了，此后所有的计算机设备几乎全采用了这种编码。而由于中文引号采用的是西文标准，所以Unicode里没有独立的中文弯引号字符，在文本显示时，如果该文本的设计遵从的是西文字体优先原则（世界上绝大多数的优质网站都遵从该原则），中文引号就会按照西文字体里的引号来显示。

灾难性的排版问题由此而生，你经常会看到方方正正的汉字里夹杂了蚊子大小的西文弯引号，其字宽与汉字并不相同；并且这引号实在太小，常使人分不清楚前后。而直角引号的优点此时再一次显现出来，每个引号在文本里都跟汉字一样，规规矩矩占据一个汉字宽度，不会造成排版混乱；视觉上有头有尾的包裹效果，也远比浮在半空中的弯引号美观，更适合方块字的展现。

无论你是否认可我的这种用法，有一点想必你不会否认，即今天世界上的多数文字，都是在电子设备上被生产和阅读的。鉴于电子设备使用的几乎全是 Unicode 编码，弯引号的问题随着时间的往后推移，就会变得越是严重。直角引号虽然目前不合规范，但在我眼里已成了唯一选择。

由于必须在电子设备上打字，我还被迫养成了另一个习惯，打空格。具体说来，就是当一句话里中文和西文（这里的西文包括字母与阿拉伯数字）紧邻出现时，我会在二者的连接处额外打上一个半角空格——虽然这是一个不得已的 kludge 行为（kludge 这个词暂时还没有一个合适的中文词汇与之语义相近，它的大概意思是「一种粗野、不够完美但同时又能快速、有效解决问题的方案」。例句：梁欢刚刚对 kludge 的翻译，本身就是一次 kludge）。

在专业写作软件里（比如我们普通人常用的 Word 以及文字排版编辑常用的 Adobe InDesign），当一句话里出现中西文混排这种情况时，软件会自动帮我们调整字间距，在二者的连接处增加一点留白，以让人在视觉上看起来有平缓的过渡（书本里的文字大多经过了这种处理，比如上一个括号里的中西文混排）。但问题是，除了专业写作软件，我们日常打字的大多数网页、文本文档里都不会有这种留白处理，中西文一旦混排就会显得无比拥挤。后来我们发现，这种留白的宽度恰好与一个半角空格的宽度比较接近，所以为了解决该问题，就只能一次又一次的 kludge，手动在中西文的连接处打上半角空格。

跟直角引号的使用一样，打空格也是一件不合规范的事，但如果有心观察，你会发现越来越多重视设计和字体排版的公司，比如苹果、谷歌、微软，以及国内的许多新兴科技公司（在这里要特意提一下知乎，它在推广直角引号和留白空格上，起到了极大的作用），也都开始在自己的网站行文里使用这种方法。

以上两种使用习惯，都关乎排版之美感，而接下来「的地得」的使用习惯，却源于我所受的教育。

跟所有人一样，我在读小学时被教导了「的地得」的规范用法：

- de 前面的词用来修饰限定 de 后面的事物，de 为「的」。

- de 前面的词用来形容 de 后面的动作，de 为「地」。
- de 后面的词用来补充说明 de 前面的动作，de 为「得」。

我幼时是个学习相当出色的学生，很快就掌握了这种用法，并以此将自己跟那些暂时还没掌握的同学们区分开，现在想来，这可能是我人生中最早滋生优越感的场景之一了。

这个用法第一次遭质疑，发生在我第一次读《阿 Q 正传》时。我发现鲁迅在该用「地」的情况下，每次都只用「的」，这在小学生梁欢眼里是件极严重的大事，毕竟那可是神一样的鲁迅，怎么会出差错？我紧张兮兮的去问了家里最有学问的外公，得到的回复是：「1949 前人们大多是这样用的，现在的『的地得』用法是 1949 年后才定的」。

我无从得知这个说法是否足够精确，但它后来确实多次得到了验证。一个最典型的例子就是老舍的作品，他在所有新中国成立前写的文章里从不使用「地」字，而新中国成立后的作品里，「的」与「地」就区分开来了。

几年后，我触发了一个非常重要的分支剧情。初中三年级的某一天，语文老师忽然告知我们：「从今天开始，『的地得』三个字通用了，以后大家写作文只用『的』就行了。」对此我很是兴奋，由于之前的阅读经历，我也一直认为「地」字的语义区分功能并不是必要的，现在终于有机会可以不再用它了。但另一方面，我又对「得」字有额外的疑问，觉得它在很多情况下还是难以替代，于是我单独询问了老师，老师给的解决办法是:「『得』字你还照用，但是『地』字就别再用了」。

我那时候对鲁迅很着迷，连带着就不爽起他常常讥讽的胡适，后来查了很多有关胡适的资料，查着查着却发现胡适非但不是坏人、蠢人，反而是个很酷的学者、创造者。那些资料里有一件事令我印象颇深刻，是说胡适曾引发了一轮民国学者大讨论，议题是「的地底」三个字要不要通用（「底」也读 de，当时有「的地得底」四个 de 字）。观念超前的胡适当时就主张三者通用，因为它们分工意义实在不大，这自然引发了相当激烈的争论。那次大讨论过后，「底」字就逐渐退出了历史舞台，但「地」字还是保留了下来。胡适的这种做事方法——遇到想推动的问题，先引发讨论，使更多人能看到讨论、加入讨论，最终获得更大群体的认可和接受——这让我赞叹不已（近些年我在互联网上掀起的关于唱功、假唱、好好说话的讨论，都是受了胡适做事的影响）。

可以看到，即便是在民国学者的大讨论里，他们也把「得」字单独区分了出来，只讨论了「的地底」三者通用而已，我对「得」字的使用因此变得格外纠结，前后更改过数次使用习惯。有一阵子我坚持使用，后来又完全弃用，再后来甚至发明了一种「在不引发句意错误的情况下，『得』字通用为『的』字；若会引发句意错误，则用回『得』字」的复杂用法。在写这本书时，我又回到了最初坚持使用的习惯上，并且我也不知道未来还会变多少次、变什么样。

关于那个分支剧情，我问过许多朋友，大概每 10 个人中有 2 个曾被这么教导过，他们也都是因此才把三者通用为「的」。后来我针对这个问题请教了文史和辞书学学者赵所生先生，他也明言国家语委一直在做「的地得」三者通用的推广和尝试，但是力度不够大，所以才出现了有的老师教过、有的老师没教过的情况。

事实上，无论是直角引号、空格留白还是「的地得」用法，所有的旧规范，都是被人们广泛讨论、实践、总结后才得以发生改变，演变出了新规范；而所有的新规范，未来也一定会变成同等落后恼人的旧规范，等待被后人再次推翻。在我看来，「更新」这个词最有魅力的一点，恰巧就在「更」字也可以读作四声。

关于「流行」

流行就是肤浅啊！

流行就是肤浅啊！这又不是什么坏事。

关于「流行音乐」

你看，那些我们视之为垃圾的网络神曲，某种程度上竟然成了音乐的希望。

跟任何一门流行艺术一样，流行音乐的运作机制，就是把音乐艺术中最简单、最明显、最易被接受的那部分美学逻辑和快感单独剥离出来，给它覆上彩色的包装纸，装进漂亮的大礼盒，然后送呈到大众手里。

在录音技术和广播技术出现之前，想想也知道，人类听音乐肯定只能去听「现场」。那时候的现场音乐基本上全是在舞台上表演的严肃音乐，听众也都是受过正统音乐教育训练的上流社会人群；普通人一辈子能听到的音乐，大概就只有固定的几首民间小曲。然后工业时代来临，社会生产力革新，越来越多的普通人能填饱肚子，就开始有了艺术诉求，恰好录音技术和广播技术在这一时期被发明出来并投入商用，市场有了、技术有了，接下来就看商人们如何满足这个需求了。

一开始，商人们把严肃音乐录成唱片去卖、放到广播里去播，但是普通人却毫不买账，他们的反应是：「这是什么音乐？听不懂，难听！」商人们在第一回合铩羽而归，只能重新去摸索，到底什么样的音乐普通人听得懂、愿意听。在摸索中他们发现，严肃音乐里那些和声简单、旋律优美的部分，普通人很爱听；民间小曲里那些直白、生活化的歌词，普通人也爱跟着唱。于是商人们就找来严肃音乐的作曲家们，请他们写大量「最简单、最明显、最易被接受」的曲子，再配上民间小曲里的那些生活化的歌词，还找来专业的歌唱家们进行演唱，最后录制成唱片——流行音乐诞生了（所以那个年代相当多严肃音乐的作曲家同时也在流行音乐界享有极高声誉，而今天的严肃音乐界和流行音乐界就少有交集了。「少壮不努力，老大玩摇滚」，这是电影《爆裂鼓手》出身学院派的主角房间里贴着的标语）。

这样你大概也能明白为什么从古至今很多流行歌听起来都一样了，因为「最简单、最明显、最易被接受的那部分美学逻辑和快感」肯定就只有最浅显的那么一丁点，用的人偏偏又太多，大家只好翻来覆去的重复用。实际上，就算是你认为完全不同的两首歌——举个例子，杨幂的《爱的供养》与 Coldplay 的 *Viva La Vida* ——很可能也拥有一致的内核，它们的区别，只在于外面的包装纸和大礼盒而已。

接下来的这一部分文字，我前后给人看过并修改了十几个版本，以确保它能让没有任何音乐知识的读者在看过之后也能搞清楚流行音乐到底是怎么一回事。

刨除掉歌词创作的部分，流行音乐的创作过程，其实就是一个做数学题的过程：可用的节奏型有这么多（我们假设节奏型为 A，并假设世界上的节奏型总共有 20 种，分别是 A_1 至 A_{20}），可用的旋律有这么多（假设为 B，有 50 种，B_1 至 B_{50}），可用的音色有这么多（假设为 C，有 80 种，C_1 至 C_{80}），可用的和声有这么多（假设为 D，有 30 种，D_1 至 D_{30}）。那么我们所听到的流行歌，其实就是或「A_2 B_6 C_{50} D_{12}」或「A_{17} B_3 C_9 D_1」的一首首元素混合体而已。普通人听歌时的内心台词也许是「高潮部分太来劲了」「这首歌实在太感人了」，而音乐人此时的内心台词则会是「副歌这个吉他音色用的 C_{33}，赞啊！」「这歌的和声换我就不这么配，怎么不用 D_{17} 呢？」

可用的排列有限，流行音乐的数量却在不断增长，于是下面这种情况不可避免的出现了：

- 甲歌是「A_9 B_3 C_{17} D_{25}」。
- 乙歌是「A_1 B_8 C_{17} D_{25}」。

当我们第一次听到乙歌时，会感觉到强烈的似曾相识感，想上半天，恍然大悟，这跟甲歌好像啊！活得越久、听歌量越大，这样的体验次数就越多，终于在某一天，生出了「流行音乐好像都差不多」的感觉。

很遗憾，这种感觉是对的。在流行音乐的世界里，构成音乐的四元素：节奏、旋律、音色、和声，其中的节奏、旋律、和声三者几乎都已被用尽了，每一段你认为好听的乐句，世界上必然已经有几到几百句与它节奏一样、旋律一样、和声一样的乐句存在。唯一一个还没被用尽的「音色」，也并不是因为音乐技术有什么发展，而是全拜科技发展所赐，此前人们想拥有一种新音色，非得换材料、换结构重造一台乐器出来，直到「效果器」这个电子设备出现，音色才开始多彩起来，此后 20 世纪 80 年代诞生的 MIDI 技术，更是让音色有了近乎无尽的可能性。所以今天你去问十个音乐制作人——做音乐的过程里，哪一项花费心思最多——九个会告诉你是音色，剩下的那一个，若不是基本功还没打好的刚入行新人，就是做交响乐的大师（他们需要的音色已经相对固定，做的其实是作曲家的事）。毕竟，能让音乐制作者们有所创新、长时间摆弄的东西，就只剩下音色了。这也是电子音乐如今会成为世界最主流音乐的原因之一。

以上我们所说的这些「差不多」和「相似」，都是指创作者在以原创为出发点的情况下制作出的歌曲，这只能说是一种无可奈何的被动相似。另有一种相似，不属于此类，它们在创作过程中就是以主动相似为出发点的，这一种就是抄袭。在音乐行业里，判断一首歌是否抄袭一直缺乏足够明晰的法律标准，这就导致乱象丛生。乱到什么程度呢？抄了的，往往逃脱制裁；没抄的，却常常被冤枉。我有一位居住在美国的乐手朋友，2014 年他曾告诉我，美国音乐圈里出现了一种专业碰瓷团队，专门针对每一首热门单曲，去寻找与之相似的老歌，找出一堆这样的老歌来（这是非常简单的事，因为任何一首流行歌都会像另外几十、几百首歌），再挨个去联系这些歌的版权受益人，告知他们可以帮忙打官司去告当红歌手抄袭，如果打赢就收取一定比例的分成。这样一场官司如果打赢往往能获得上百万美元的赔偿，虽然多数版权受益人会拒绝，但总有答应的，尤其是有些老歌的作者已经去世，版权受益人变成了其家人，答应起来就更没有负担了。

初听此事我无论如何也不敢相信，我这朋友也给不出什么具体例子。直到 2015 年 3 月，Robin Thicke 和 Pharrell Williams 的大热单曲 *Blurred Lines* 被法院判定抄袭 1977 年 Marvin Gaye 的单曲 *Gotto Give it Up*，两人必须向 Marvin Gaye 的子女支付共计高达 730 万美元的赔偿，我才知道这种团队（我更愿意称之为团伙）竟然真的存在。时隔一年我再向这位朋友询问更多细节，对方告诉我，如今这种团伙已经猖獗到不以打赢官司为目的，他们只需扬言要告某位当红艺人的歌曲抄袭，预期造成的名誉和经济上的损害，就足以让艺人乖乖来「私下和解」送钱。

这种事情的存在，破坏力巨大，可以想见，此后歌手们在制作音乐过程中一定会处处小心提防，无数原本精彩的创作片段要被迫修改成「不那么精彩但至少安全」的样子。而安全，是艺术创造的天敌。

国内歌手的情况，虽然还没上升到这种被敲诈勒索的经济高度（以国内的版权制度，打这种侵权官司也确实没几个钱可以赚），但在精神和名誉上却也不好过。一个简单的验证方法是，把你想到的任何一个创作歌手的名字输入搜索框，后面再加上「抄袭」二字，搜出来的全是抄袭指控新闻和网友谩骂，无一幸免。在我眼里，这里面的大多数歌曲其实跟抄袭完全无关；但在许多网友眼里，比起有理有据的求证来，「快来看我发现了什么！」显然更能体现自我存在感（这其实不能全怪网友，因为第一时间不经思考的发布最新内容，就是很多社交网站繁荣的基石，他们鼓励你这样做，所以你总是能在社交网络上看到一出出「反转——又反转——再反转」的闹剧，以及争吵留下的一地鸡毛。要我说，不在第一时间对尚未有确切论据的事情发表观点，应该变成一种基本的网络道德）。紧跟着这个「有所发现」网友的，是闻讯而至的数量庞大的愤怒网友。

我一直很好奇这种愤怒的由来，毕竟，在长达数年的时间里，我一直身处这种愤怒的第一线（考虑到今后我还会坚持普及音乐常识、坚持反假唱，这第一线我还得继续待下去）。经过了这些年的实地观察与持续思考，这是我总结出的愤怒原因——认知越空洞，愤怒越具体。

就以抄袭为例，其实一个人只需要花上几个小时的时间，了解一下和声学的最基本概念，甚至只抽出几十分钟，找几段网络上讲解和声相似的视频（其中有些还是搞笑视频，接受起来相当容易），就能明白绝大多数抄袭指控其实都是无稽之谈。但「空洞且愤怒」的网友们并不愿把时间用于扩展认知，他们更乐于把同等甚至更多时间用于发泄，所以很多时候他们的愤怒其实也不是在针对什么，他们既不是「对事不对人」，也不是「对人不对事」，而是「对己」，他们只是需要随便一个什么契机来自我发泄，被发泄的对象都是恰巧路过的倒霉鬼。

在讨论流行音乐的一篇文章里花费如此多笔墨来讨论网络行为，实在是有点跑题（但这并无不妥，对今天的人类而言，网络行为就是现实行为；如果你以后想区分网络和现实，建议使用「线上」和「线下」这两个词），让我们说回到音乐上。关于抄袭，确切的标准应该是什么？「致敬」「模仿」「抄袭」「借鉴」这四者的分界又到底在哪里？

假设你吃了一道大厨做的宫保鸡丁。

- 你觉得太好吃了，回家以后自己也试着做了一盘宫保鸡丁，但总觉得不如大厨做的好——这个叫模仿。模仿是创作的必经之路，艺术创作的所谓「风格」就是在大量模仿前人的基础上，加入自己的认知，再加上某几次灵光一闪，最后岔出的自己独有的一条新枝干。

- 你觉得太好吃了，心心念念想着这道宫保鸡丁，买速冻水饺都挑宫保鸡丁馅的买，吃前还要含泪喊:「致大厨!」——这个叫致敬。致敬是一个很小的创作行为，创作者也是人，他们也会有自己的偶像，借自己的作品致敬一下是很可爱的行为。不过值得注意的是，创作者在致敬时会生怕别人不知道他在致敬，所以总会做得特别明显。

- 你觉得太好吃了，于是跑去后厨偷走了剩下的宫保鸡丁带回家，告诉别人这是你自己做的「神仙菜」——这个叫抄袭。抄袭是创作中最为罪恶的行为，也是所有创作者所能面临的最严重指控。抄袭者跟致敬者不同，他们在抄袭时会生怕别人知道他在抄袭，所以总会故意做出各种掩饰。

- 你觉得太好吃了，仔细一琢磨，是花生和黄瓜丁搭配得好，于是你以此为灵感，往自己做的松仁玉米里也加了花生和黄瓜丁，果然很好吃——这个叫借鉴。借鉴是所有创作里必有的行为，每一次创作都是无数灵感源的交织，而灵感源是通过借鉴别的事物而来。创作者此前接触过的所有艺术作品的精华被自己加工后储存于大脑中，随时等待被调用。

- 你觉得太好吃了。于是跑去后厨偷走了剩下的宫保鸡丁带回家，和上次从别处偷来的糖醋排骨、干煸豆角、腰果虾仁一起端出来做一个大杂烩——这个叫大张伟。

如今网络上动辄指责歌手抄袭的人，基本全是把「抄袭」和「借鉴」二者搞混了。

搞清楚了以上这些，我们就可以回到那个我一直以来反复强调的问题上——必须设定一个抄袭的明确标准。国际上有一个通用的「连续八小节雷同」即判抄袭的规则，但这并不是一个明文规定，只是圈内的一种约定俗成的判断标准，并且我认为这个标准也太过于宽松了，抄袭者很容易就可以躲过去。所以我有一套自己的判断标准。

首先看两首歌的和声构成。和声是一首歌的脉络，是一首歌的「最大构成单位」，如果和声走向不同，那就不要提抄袭的事了。很多人疑问，如果创作者故意换一下走向避开呢？换一下走向，整首歌就全变了，创作者要做的修改之多，足以算得上一次重新创作。

如果和声走向一致，那就具备了继续往下探讨的可能性（但此时还远远算不上抄袭。你用一首歌的伴奏可以唱几十首歌，并不代表着这几十首歌都在互相抄袭），接下来要判断旋律。旋律不应该直接拿原谱对比，而是应该把对照的两首歌拉到同一个调再进行对比。如果雷同部分超过 30%（这里我参照了一般期刊论文的标准），则可以判定为抄袭。

除了旋律线以外，节奏型、音色也是要考量的标准。很多歌曲可能旋律雷同部分并没有超过 30%，但选用的某几个特殊音色一致，或者节奏型完全一致，这时候我们就应该把旋律雷同部分的标准往下将到 10%（这里我参照了核心期刊论文的标准），若符合也可以判断为抄袭。

这当然只是我个人的标准，你也可以有自己的标准。但只要你的标准定下来，就必须遵循这个标准将所有歌一视同仁。比如，「听着像」也可以是一种抄袭标准，如果你把它用作标准，那你就必须接受全世界所有的音乐都是互相抄袭而来的这个结果。

在今天讨论流行音乐，还有一个不得不提的事物，「网络神曲」。其实我对网络神曲并没有太大的恶感，虽然它们当中确实有很多是怀着「恶意」创作的（这里需要解释一下「恶意」：我有一套自己的理论，假如把严肃音乐和实验音乐代表的极致音乐审美分数定为100分，则普通大众的音乐审美大概在40分。大众对40分及以下的音乐作品接受起来毫无难度，但对超过40分的作品就会有一定程度的接受障碍。一个流行音乐创作者，他本身的音乐审美可能高达60分，但他自己也明白要贴近大众审美，所以做了50分的东西出来，并认为自己为此做出了巨大让步和牺牲，可是在大众眼里，50分的东西已然听不懂了，也就不可能接受。此时创作者与大众就容易产生一种对立情绪——创作者认为大众傻，大众认为创作者装。这种对立情绪从流行音乐诞生的那一天起就从未停止过。而我认为，真正的流行艺术从业者，他们有义务去缓慢推动大众的审美向前。推动的具体办法，就是必须俯下身来耐心去做好42分的东西，这样的东西大众有接受的可能；等大众审美提升到42分，再接下去做好45分的东西，如此一步一坑的往前推。这个过程当然会是极漫长的，一整代的创作者穷30年之功，也许也只能看到大众有10分左右的进步，可这10分左右的进步，正是流行艺术从业者的职责所在。照我的看法，只有能担起这个职责的，才可被称为「娱乐家」，那些无法或不愿担负这个职责的人，则顶多被称为「干流行的」。在所有「干流行的」从业者里，其中有一小部分人，他们选择了另一条创作之路，就是批量去做35分的东西来喂养大众。这样的东西大众接受起来当然很顺畅，他们的目标也正是试图将大众审美永远钉死在 40 分以下，甚至越低越好，这样一来，他们就免去了自我技艺提升之苦，只需要不断重复之前的工作内容，就可以高枕无忧的一直赚钱下去。以这种目的为出发点的创作，在我眼里便是怀有「恶意」的。女士们先生们，以上就是我完成一段括号里内容比括号外内容还多十倍的文字的全过程），但恶意创作并非网络时代独有的事，任何时代都有这样的创作，所以我们也不能将之怪罪于网络神曲。

网络神曲在我看来，更多的是一团音乐的火苗。随着电子音乐成为时代主流，音乐制作的门槛越来越低，越来越多的普通人也能开始制作音乐。我认为「网络神曲」的词义也会从「借助网络传播手段火起来的洗脑热门歌曲」渐渐转变成「网友自制的洗脑热门歌曲」（流行音乐里的洗脑从来都不应该是贬义词，它是创作的动机之一，术语称为 hook，即一首歌里最勾人的那一句）。想想看，再过 10 年，会有多少人在制作音乐？我已经完全做好了迎接那个创作盛世来临的准备，为此接受一些此过程中必然会产生的垃圾，这种代价根本算不了什么（我也相信，过滤垃圾是当代人生活的必备技能之一）。更何况，即便在此时此刻，这种网络神曲中的垃圾，也有其存在的意义——我查询了百度搜索风云榜 2010 至 2014 年的数据，选取每年在百度上被搜索次数最多的 6 首歌，最终得出了最近 5 年最热门的 30 首歌曲。也许其中有些歌曲你甚至从未听过，但它们就是全国网民们最终的选择：

- 2010 年，《爱情买卖》《传奇》《哥只是个传说》《织毛衣》《爱情错觉》《忐忑》；
- 2011 年，《伤不起》《因为爱情》《爱的供养》《无法原谅》《三寸天堂》《等不到的爱》；
- 2012 年，《最炫民族风》《我的歌声里》《滴答》《可惜不是你》《北京北京》《江南 Style》；
- 2013 年，《致青春》《开门大吉》《稳稳的幸福》《趁早》《时间煮雨》《一起摇摆》；
- 2014 年，《小苹果》《自由自在》《倍儿爽》《山水之间》《平凡之路》《爸爸去哪儿》。

我分析了这 30 首歌成为热门的原因，把它们大致归为以下四类（其中有些曲目可能会同时兼具几类特质）：

1. 成为选秀节目的演唱曲目而红；
2. 成为热门影视剧、综艺节目主题曲而红；
3. 成为春晚演唱曲目而红；
4. 成为网络神曲而红。

很明显，以上 1、2、3 都与电视和电影直接相关，作为一个音乐行业的从业者，我不得不承认「国产流行音乐已经成了综艺和影视的附庸」这个现实；不依靠综艺和影视，只通过单纯的音乐形式而火，似乎

就只剩下网络神曲这一条路可走。你看，那些我们视之为垃圾的网络神曲，某种程度上竟然成了音乐的希望。

希望归希望，不碍着我讨厌垃圾，流行音乐必须要找出另外一条活路。其实如果你仔细观察，在上述 30 首歌里，有一首可以算在四类原因之外，《山水之间》。这首歌是 2014 年许嵩的作品，它并不是传统的网络神曲，我的意思是，无论这首歌最终呈现出的制作水准如何（比如电吉他走音），至少它的制作初衷是「要做一首高质量歌曲」，而非「要做一首网络神曲」（2010 年龚琳娜的《忐忑》更是有这样的初衷，并且与许嵩不同的是，她做到了。《忐忑》是一首非常严肃的音乐作品，却稀里糊涂成了网络神曲，甚至就是这首歌才开创了网络神曲这个词。谁能想到第一首网络神曲反而是一首正经、前卫的实验音乐作品呢），这首歌走红更多依托的是许嵩出道六年来在网络上累积起的粉丝力量。而如果我们把时间拉到 2015 年全年，TFBOYS 的《青春修炼手册》想必最终也会登上这个热门榜单，它依托的同样是庞大粉丝群的力量。所以这另外一条活路就是：

5. 通过粉丝的力量而红。

至于这条路到底是不是一条好路，就完全取决于偶像本身的素质了。哦，对了，如果你看到这本书的时候是 2040 年以后，不太知道 TFBOYS 是什么，我需要额外向你解释一下——在 2015 年的中国，TFBOYS 是一个成立两年的未成年偶像组合，他们填补了此前国内完全空白的青少年偶像市场，开创了国内粉丝经济的新局面，就算放眼整个娱乐圈，此时他们也是唯一可以与韩国偶像团体抗衡的国内偶像存在，与此同时，他们在音乐这件事上缺乏天赋、假唱成性。

我对缺乏天赋这事的容忍度其实相当高（我自己就是一个缺乏天赋的人……算了，我还是别虚伪了，我根本就没这么觉得。我只是在见过了许多行业的顶尖人才之后，觉得天赋并非卓越之必需品），但是，不要假唱。

关于「一次刻奇」

事实上，刻奇最大的坏处，也就在于身处刻奇状态中的人，对独立思考精神的排斥。

「刻奇」是英文单词 kitsch 的音译，它的另一个译名「媚俗」更广为人知一些。这个词的流传要归功于米兰 · 昆德拉的小说《不能承受的生命之轻》在 20 世纪 90 年代的风靡，但「媚俗」这个翻译其实并不妥当。媚俗的词义是迎合大众或世俗（即便是被动的迎合、不自知的迎合，也同样是媚俗），而刻奇的词义，则是指迎合了某种群体行为之后，自身表现出的那种自我催眠式的矫揉做作、过度抒发（这个群体行为可能一点都不大众或世俗）。比如：

- 跟风买一本凯文 · 凯利的《失控》，永远读不下 100 页，但觉得自己已经看透了人类的未来。
- 在湖边商贩手里现买一堆鱼进行放生，然后生出一种对生命的悲悯。
- 听左小祖咒的歌，认为自己懂得欣赏「真摇滚」（至于什么叫「真摇滚」，我也不知道。因为在我看来世上并没有「真摇滚」或「伪摇滚」，摇滚就只是一种普通的音乐形式而已。不过照很多相信有这两样东西的人的理解，「真摇滚」大概是指比较穷的那种摇滚）。

- 听左小祖咒的歌，认为自己懂得欣赏实验音乐（左小祖咒的音乐跟实验音乐没什么关系，它们是制作非常精良、人声非常难听的流行音乐作品）。
- 「他说我们家偶像假唱！他侮辱了我们的信仰！家人们去人肉他！一起骂死他！」

以上这些，都是不同程度、不同规模的刻奇，但称之为媚俗就不太合适了。所以刻奇与媚俗，我们不如干脆把它们当成完全不同的两个词来对待。这篇文章里我们只讨论刻奇。

讨论刻奇的原因，是今天下午，我的社交网络忽然间被一条信息攻占了——「贩卖儿童一律死刑」。这信息扩散得相当迅猛，身边很多人都带着一种义不容辞的热切和严正参与到信息的扩散中来。这种群体性的民意爆发事件，通常都属于刻奇，在这个事件里，参与者们自行代入了自己孩子被拐卖后的恐惧与悔恨感，进而催发出了对人贩子的愤怒情绪，最终决定放下自己的法律常识（还有很多参与者是因为缺乏法律常识），加入了这场大型刻奇。

鉴于所有的刻奇都需要强烈的自我暗示才能成型，身处刻奇状态中的人就通常会有一种「不容置疑的信念」（这不一定是坏事，很多前卫艺术的爱好者和从业者，最早确实是因为这种自我暗示和不容置疑的信念才得以入门的），而拥有独立思考精神的人，则总是能很快消灭掉这种认知状态。刻奇与独立思考精神，也就有了些对立的属性。事实上，刻奇最大的坏处，也就在于身处刻奇状态中的人，对独立思考精神的排斥。

几分钟前，我在朋友圈里跟一位激动的长辈解释了若干为何不能「一律死刑」的缘由——刑法的制定是一门非常严谨的社会科学，要综合考量立法学、统计学、犯罪学、民意等若干因素，而不单单只靠民意；倘若实施「一律死刑」原则，人贩子被抓前自知必死，更大的可能他会选择把拐卖来的孩子杀人灭口；任何文明国家的量刑都不会不考虑犯罪情节之轻重而直接采用一刀切的方式，哪怕是更严重的故意杀人罪，都会有裁量空间（一个每日遭受家人毒打的儿童主动拜托某人将自己卖给他人，与一个拐卖儿童并将其打残后贩卖给乞丐集团的人，同是拐卖儿童，量刑必然会有所不同）……诸如此类，于情、于理、于法，各个角度的解释我苦口婆心说尽了，身处刻奇中的长辈却只回一句：「等你自己有孩子被拐了，就明白必须得死刑了！」

这深深刺痛了我。

关于「因为多见，所以轻慢」

其实写这一篇我纯粹是为了提醒一下你，到这里你已经读完了本书一半的内容，我并不建议你一口气就把它全读完。

最近我为了锻炼英文阅读能力，在读马克·吐温的英文原版小说，惊讶的发现他在书里称呼黑人竟然反复用 nigger 一词（这是个极具侮辱性的称呼，意为「黑鬼」。这个词黑人可以自称，几个黑人之间也可以互相称，但如果你不是黑人，这就是一个绝对禁语，如果说了对面的黑人会跟你动手那种程度的禁语）。我十分好奇这本书在当初是如何能躲过民愤的，查过资料才知道，nigger 最初竟然就只是「黑人」的意思，是个非常平和的中性词。它是随着被使用次数越来越多，才一步步从中性词演变成了贬义词。

这样想来，古今中外似乎许多名词都经历过这种命运。从前「支那」是对汉族人的尊称，梁启超还用「支那少年」当笔名，后来一步步演变成了对中国人的蔑称；时下的美剧里演员说臭味常用 smell，然后附带一脸嫌恶的表情，这个词在我学英语时还只是意为「气味」的中性词；还有「营销」一词，原本是指很正当的市场推广行为，如今社交网络上大家却都患上了「营销敏感症」，看到推广行为就无比反感，营销也变成了一个反义词（在我看来，贩卖青春、梦想、情怀，与贩卖技术、天赋、名气没什么区别，它们都是相当正常的营销手段。营销是必要的，那些认为「好产品不需要营销」的人，他们的共同点是都没做过好产品，自然也就不可能明白好产品为了让人知道所做的营销努力。在我看来，只要产品质量经得起推敲和考验，就不存在「过度营销」这回事。只不过现在很多行业都面临这样一个核心尴尬——产品质量大多经不起推敲和考验，又不得不硬着头皮去营销。这样的营销做起来，哪怕没什么力度也会被人认为是过度营销，「营销敏感症」也多因此而起。说到底，这其实是产品质量的问题，而非营销的问题）。

以上这些现象，我称之为「因为多见，所以轻慢」，并且它似乎不仅仅局限于语言学领域，在其他领域里也很常见。比如很多人对陌生人彬彬有礼，对家人却难有耐心；比如鲁迅的文字功力就常常遭人怀疑，甚至到了认为他只是个喷子的程度；比如把所有现时已使用上的科技发明，视为理所应当。这些毫无道理却又广泛存在的「因为多见，所以轻慢」现象，更像是心理学和社会学层面的问题。

这类问题就并非我的长项了，所以不敢过多妄言。其实写这一篇我纯粹是为了提醒一下你，到这里你已经读完了本书一半的内容，我并不建议你一口气就把它全读完。要知道，这书里的每一篇文章我都写得极度严苟，为了让自己30年后回看它还不致尴尬，我甚至努力在行文里「去文采化」，以免现在使用的某种文采未来会有过时之感（没错，我就是这样一个「想太多」界的楷模。在做第一张专辑时，我甚至想多到要照顾女生也能在KTV里使用原调唱我的歌，于是特意把歌曲的调都定到很高——最终女生还是很难唱下来，男生倒是也彻底唱不上去了）。考虑到「越是多见，越是轻慢」的现象，你还是别一次读太多篇了。

关于「游戏预言两则」

并且不仅如此。毫无疑问，游戏是最容易制造出心流体验的方式之一，与游戏同等容易的方式还有吃喝和性爱，它们因为顺应人的本能欲望所以容易制造心流；而阅读和运动这些制造心流方式，因为需要绝强的自控力，制造起来相对就要困难得多了。

这是一个高危话题，尤其在过去 20 年时间里，随着家用电脑的普及，电子游戏一直被主流社会视为玩物丧志的最大原因，最严重的时期，它甚至被媒体们称为「电子海洛因」（没错，不是「电子大麻」或者「电子致幻剂」什么的，而是直接严重到了「电子海洛因」的程度）。而我恰巧又曾是一个电子游戏的制作者，这种程度的利益相关让我说的话在别人看来天然就带着偏向性，所以为了使接下来的表述更为可信，我不得不特意动一些心思，甚至专门写了一篇 300 字的穿越小说。

在希腊神话世界里，最足智多谋、狡猾机智的人类名叫西西弗斯，有一天，西西弗斯预感到自己生命将尽，就用计谋困住了死神，使人间从此不再有死亡。这一举动触怒了众神，为示惩戒，众神罚他每天将一块沉重巨石推上一座陡峭的高山，并且施以诅咒，每当他用尽全力即将登顶之时，巨石就会从旁滑落下去，只能从头再推，如此反复，永不得停（这个小说也可以写成中国神话版，主角替换成广寒宫前砍桂树的吴刚老师就可以了）。在众神眼里，这种无效又无望的重复是世间最严酷之惩罚，西西弗斯就在这种周而复始的劳作里活得痛不欲生（听起来完全就是我们每个人的日常生活）。

某一天，一位游戏设计师穿越到了希腊神话世界，他遇到了西西弗斯，并且花了两天时间在山下观察他。第三天，游戏设计师耗时一分钟，就彻底拯救了西西弗斯。具体的拯救方案如下——游戏设计师写了一个简单的脚本，每当西西弗斯所推的巨石在山顶滑落，他头顶上就会冒出一行闪着特效的金光大字：「经验值 +1」。世间最严酷的惩罚由此而解，从前巨石滑落时西西弗斯总会痛骂「该死！」现在每次巨石滑落，他喊的是：「万岁！」

这便是游戏具备的若干魔力之一。具体一点，在这个故事里，游戏展现的是它能将一个枯燥反复的事变得异常有吸引力的魔力。它的实现原理，我称之为「密集反馈」，即通过缩短反馈周期、进行大量短线激励的形式，使人进入「心流」状态。

说到这里，我们必须引入「心流」这个心理学概念。它由心理学家 Mihaly Csikszentmihalyi 提出，指一个人完全沉浸在某种活动当中，无视其他事物存在的状态。当你身处心流状态，会产生许多奇妙的体验，你会因为突破了自身极限而觉得自己有能力主宰命运，幸福感和爽快感飙升（原因是大脑开始分泌多巴胺），极度的专注又让时间在你的感知系统里视你的需要被大幅缩短或拉长（比如，当你看进去一部电影，完全不会察觉时间已过去了两个小时；当你全力冲刺第一个跑过终点线，那不足一秒的瞬间感觉也足有几分钟之久）——这就是 Mihaly

Csikszentmihalyi 进一步提出的「最优体验」。心流状态中这种缩短痛苦、延长快乐的最优体验，能让人爆发出强大的肉体或精神力量，突破此前无法战胜的瓶颈，从而获取最快的进步速度。如果你想了解更多关于心流的相关研究，推荐阅读 Mihaly Csikszentmihalyi 本人所写的一本名叫 *Flow* 的书（这本书有中文版，但我犹豫了好几下还是没直接写它的中文名。它被起了一个特别鸡汤的译名「当下的幸福」，还带着一个更为鸡汤的副标题「我们并非不快乐」，以及封面上极致鸡汤的四句话「快乐是一种本能，也是一种本分，幸福不需要条件，只需要你用心」。我知道正常情况下你很难说服自己去买这样一本书，请相信我，它是本相当严肃的书，封面上那堆乱七八糟的东西跟书本内容真的毫无关系）。

说回到游戏。通过「密集反馈」原理战胜枯燥的学习过程，我们可以用弹钢琴为例。假设你想让自己的钢琴弹奏水平进步，每天进行一小时的弹奏练习就是非常必要的。在练习过程中，你其实每天都能获得一丝进步，但这进步幅度极小，不易被察觉，非得有三五个月的累积才能被明显感知出来；可是绝大多数人，却早在第一天、三天、五天、十天都得不到反馈的绝望里提前放弃掉了。这个例子里，弹钢琴的反馈周期就是三五个月，而通过游戏的密集反馈原理，我们可以把反馈周期缩短到一天——想让人察觉到每天的进步，只需设立一个经验条，每天练习之后让它填充一大截就可以了。如果想做到更极致，甚至可以把反馈周期缩短到每一次手指按琴键——通过各种特效，让每次击键都绽放出华丽的视觉效果和爽快的打击感（你以为自己是为什么爱玩《三国无双》这种割草游戏的啊），练琴简直从此让人上瘾。

这当然不是说笑，如果你此刻进入手机的应用商店，随便下载一个学习外语或者健身的相关应用，就会发现它们已经全都在用「填充经验条」这种游戏方法了；过去几年还有一种很流行的时间管理法，名叫「番茄工作法」，其核心是每专注工作 25 分钟，就停下来给自己一个奖励，采用的其实也是游戏的密集反馈原理。至于如何在弹琴时加入各种视觉特效，「虚拟现实」（virtual reality）和「增强现实」（augmented reality）这两种技术的设备其实很快就可以做到了，2006 年任天堂发布的 Wii 游戏机，就是一种虚拟现实设备；2012 年大热的谷歌眼镜，以及微软在 2015 年初发布的 HoloLens 全息眼镜，则都是增强现实设备——它们距离我们的日常生活已经非常近了。

如果你能认可游戏的这种魔力，我们就可以进行到下一阶段，来讨论「玩游戏会影响学习」这个经典话题。在我看来，「玩游戏会影响学习」与「吃东西会毒死人」在逻辑上是一样的，都是一种不假思索的以偏概全。如果你会挑拣食物并注意剂量，吃东西并不会让你中毒而死；同样，如果你会挑选游戏并控制时长，玩游戏也不会影响你的学习。更重要的是，吃（对的）食物可以让你获取生存所需的能量，而玩（对的）游戏也可以让你获取精神进步的知识。

下面是我自己玩电子游戏的经历，既然我已经自行把范围限定在了「获取知识」层面，「玩《魂斗罗》可以锻炼手眼协调能力」这种事我就不厚着脸皮计入其中了，只分享一些确切从中获取了知识的经历：

- 1996 年，我玩的第一款大型电子游戏叫《魔神战记 2》，它是大名鼎鼎的大宇公司出品的角色扮演类游戏（这公司在那之前的几个月刚推出一款 DOS 系统下的游戏，名叫《仙剑奇侠传》），但是这游戏没有发行简体中文版，时年 8 岁的我在简体字还没认全的情况下开始半认半猜的读繁体字。这游戏玩到中前期有个叫「神圣水」的剧情道具，需要开启四个莫名其妙的隐藏机关才能获得，如果不得到就无法打赢接下来的剧情 boss 火龙。当时可没有搜索引擎供人们随手找攻略，一旦卡关，唯一的办法就是给《电脑报》游戏版的编辑「小生」写信求问，指望他收到信后能把问题登到报上，再指望全国读者里有人知道答案回信告知他，最后他再把答案登回报上，这么一来二去，几个月就过去了（写完这段话我才发觉，原来 20 年前的我们活得如此原始）。即便如此，我写了几次信也始终没有得到回音。于是，我在那里一卡就是 5 年，从 20 世纪一直卡到了 21 世纪，游戏里每一个路人说的话我都看了不知多少遍，以至于此生再看繁体都毫无障碍，甚至还能写出一些诸如「攻击」「防御」「状态」「逃跑」之类的繁体字来。

- 2000 年，我开始玩《大航海时代 4》。在那之前我根本看不懂世界地图，地图上那些密密麻麻的细线和小字一直让我犯头疼。等玩过游戏，世界地图就记得滚瓜烂熟。甚至过了两年多，我发现一个同班同学在玩这款游戏，他问我怎么拿一个叫「黄铜的煤油灯」的道具，我竟然还能靠记忆在作业本上帮他现画了「伊斯坦布尔—马赛—雅典」的航线。

- 2001 年，我开始玩 *NBA Live 2001*。这游戏是全英文界面，而且多是体育专用名词，几乎全不认识。我求着爸妈给买了一本《新英汉词典》（这是一种怎样的热情），一个词一个词对着找，词汇量由此猛增，顺带着还把游戏里出现的所有球员和他们的英文名都记牢了。几年之后我开始在网络上写篮球评论，跟我同时期的写手们都大我 5 至 10 岁，我最初正是靠着知道特别多冷门老球员、会写所有球员的英文名这两样，让他们觉得我不是个小屁孩的（或者他们还是会觉得我是个小屁孩，只不过是个不简单的小屁孩）。

- 2002 年，我开始玩《文明 3》。这游戏让我对政治、军事、科技、历史有了直观和综合的认知。最关键的是，我开始有「科技树」这个概念，知道科学和艺术都呈现出树一样的结构，树上有无数分支，有的繁茂、有的枯萎，只有当某一个分支取得突破性进展（放在游戏里，就是点开了这个技能），人类文明才能发生飞跃式进步。我在 14 岁的年纪上，世界观就得以建立，并开始敬畏起科学和艺术来。

• 2006 年，我开始玩《太阁立志传 5》。由此开始了解日本战国史，从还是足轻组头的猴子开始（「足轻组头」是个直译词，大概相当于「步兵小队长」，是日本战国时期最低的军官职位；「猴子」是木下藤吉郎年轻时遭人戏谑的绰号，类似「阿瞒」之于曹操，他是近代第一个统一日本的霸主，即后世的「丰臣秀吉」），直到天下一统，又把商人、忍者、海盗、剑豪、茶人等各色人生全部体验一遍，开始意识到「个人」存在于历史中的渺小；还为了拿一个叫「漂泊旅人」的称号卡，顺带把日本 32 个名胜古迹的地址全记住了。

类似的例子我简直可以列上半本书（我相当确信自己还记得《武林群侠传》和《明星志愿 3》的全流程、全支线攻略），我相信绝大多数成长过程中玩过电子游戏的人也跟我一样，只从记忆里随机摘取了几个片段，就能发现那些游戏留给我们的绝不仅仅只是什么「动人的回忆」而已，它们跟书籍、音乐、绘画一样，切切实实的打开了我们的眼界、增长了我们的智识、启蒙了我们去深入研究某一事物的兴趣之始。我时常会想到，如果没有这些伟大的游戏，或仅仅是缺少了其中的某一款，我的知识构成和储备会因此缺失多少？所以「玩游戏会影响学习」这种话实在很难站住脚，在我看来，玩游戏本身就是一种学习。

并且不仅如此。毫无疑问，游戏是最容易制造出心流体验的方式之一，与游戏同等容易的方式还有吃喝和性爱，它们因为顺应人的本能欲望所以容易制造心流；而阅读和运动这些制造心流方式，因为需要绝强的自控力，制造起来相对就要困难得多了。由此你可以发现游戏是多么特殊的存在，它一方面是简单易行的心流制造法，另一方面又是一种媒介载体，可以承载知识（吃喝和性爱根本无法做到这一点，阅读书籍的自控成本又太高）。而人在心流状态下的学习速度又是最快的，那么理论上，只要电子游戏能承载的知识足够多，它就能成为最佳学习方式。

我对游戏能承载足够多知识这一点深信不疑，从我的经历你也可以看出，电子游戏已经能承载相当量级的知识，限制它承载更多的，其实无关游戏这种形态，而是游戏制作者自身的智识水平。接下来，只要制作者们的智识水平越来越高，或者游戏制作工具越来越容易使用，能让拥有更高智识的人加入制作者行列——恰巧这两样都是正在发生的——游戏将彻底统治学习这个行为。

游戏是学习的终极方式。关于游戏，这就是我的第一个预言。

如果仅仅关乎学习，我想我对游戏的热情，可能也就只能支撑自己到「重度游戏玩家」的地步，还远达不到「游戏开发者」的程度。在我眼里，游戏身上显然有着更强大的驱动力。

世界上的艺术原有六种，文学、音乐、舞蹈、绘画、建筑、雕塑。过去 100 多年时间里，我们也亲眼看着以上六种艺术形态一步步走向衰退。多亏了 1911 年有个叫乔托·卡努杜的意大利人，此君是早期电影理论的先驱，他在这一年单方面宣称「电影是第七种艺术」，竟然得到了世人的认可（其实他最早说的是「电影是第六种艺术」，后来又发觉自己之前忘记算上「舞蹈」，这才修正成了第七种艺术。除此以外，他提及的艺术里，也没有「文学」这一项，而是只有「诗歌」，实在是有些狭隘。这也是我一直以来的观点，牵扯到系统性梳理的理论资料，最好多看今人的总结，毕竟这时代发展太快，同样是百年跨度，1500 年代的人看 1400 年代的梳理也许还不至过时，但 2000 年代的人看 1900 年代的梳理，简直会觉得自己退化了），才让艺术不至于全线崩溃。这种厚脸皮的事只要开了头后面就好办多了，二战后电视一得到普及，电视人就又迫不及待的单方面宣布了「电视是第八种艺术」，不过这次运气不佳，没得到广泛认可（有第二种说法是戏剧才是第八艺术。而戏剧人又觉得戏剧比电影出现早得多，所以他们自己还有第三种说法，戏剧该排在前面当第七艺术，电影才是第八艺术……你也知道的，艺术界的人，普遍比较闲）；第八艺术到底是什么还没扯清楚，第九艺术又迫不及待的被封出来，1964 年克劳德 · 贝莱单方面宣布「漫画是第九种艺术」，不过这一说法只在欧洲部分国家得到认可，世界范围内，第九种艺术被广泛认定为电子游戏，2011 年美国国家艺术基金会甚至还专门正式宣布了一回：「电子游戏是一种艺术形式」。

回顾以上这个极简粗暴版的百年艺术史，不难总结出以下四件事：

1. 传统的单一型艺术在衰退。比如文学、音乐、舞蹈等前六种艺术。

2. 新晋的复合型艺术比单一型艺术更有生命力。比如戏剧比舞蹈受欢迎，因为它至少复合了舞蹈、音乐和文学这三种形态。

3. 一项艺术中复合的单一型艺术种类越多，越是受大众欢迎。比如电影就又比戏剧受欢迎，因为它复合了所有的艺术形态。

4. 游戏是可以玩的电影。

好吧，第四点是我自己加的私货，不过前三点你应该没有异议，我需要着重解释的就只是第四点。在我看来，艺术的复合在到达电影层面后，就已经来到了终点，因为所有的艺术形态都已经可以被电影容纳进去了。而接下来的进化，需要的是有别于艺术的另一个维度，并且破坏力足够强大的存在。就像互联网可以颠覆并重构任何行业一样，游戏在我看来就是「艺术界的互联网」，它可以将一切艺术游戏化，使它们具备较之从前更高的生命力。让我以两个游戏为例（我特意选取了个人开发者做的游戏，以证明艺术的游戏化其实已经相当发达，普通人也早可以参与其中了）。

两位中国玩家，以芥川龙之介的短篇小说为蓝本（包括《罗生门》《竹林中》《戏作三昧》《魔术》《袈裟与盛远》《六宫公主》这几篇），改编做出了一款非营利性的游戏，获得了接近两万玩家。而他们使用的制作工具仅仅是橙光（橙光是一个文字游戏社区，用户群体多为 10 至 20 岁女生，她们用橙光提供的傻瓜式制作工具，不需任何编程基础就可以制作简单的图文游戏。这个社区里的游戏因为制作粗糙、毫无操作感、充满小女生式的低级趣味而被很多资深玩家鄙夷，但与此同时他们也产出了像《潜伏之赤途》这样的神作——重要的从来都不是工具，而是使用工具的人），这款游戏的近两万玩家，多是小学、中学学生，如果没有这款游戏，想必他们很难会有意愿去接触芥川龙之介的文学作品。

一位澳大利亚人，根据一宗 1994 年在英国真实发生的人口失踪案，制作了一款解谜游戏。游戏背景是一个女人的丈夫失踪，为了协助破案，她前后七次去警局接受警方采访。所有的采访被分成 271 段短视频存放在警方档案里，玩家只能根据这些短视频寻找线索，做出选择，而选择的不同又会让游戏走向不同的结局。听起来，这跟一款普通解谜游戏的设定没什么区别，但它的特殊之处在于，271 段视频全由一位真人演员演出并拍摄，也就是说，它在被制作成一款游戏之前，首先是一部由 271 个镜头组成的准纪录片电影。这款游戏的通关时间大概在 2 至 4 小时不等，从未有一款解谜游戏让我如此身临其境，玩通之后的体验，就像是看了一部电影。

准确的说，比看一部电影还要再爽一点，因为它额外多了一层可参与感。在我看来，这种参与感就是电影的未来，它必须是可以玩的，是可以与之交互的，是可以根据观众的行为作出不同反馈的（而不是相反的根据电影行为对观众做出反馈，比如那些晃椅子喷烟就号称 4D 的电影）。随着科技的发展，一旦前文中提到的虚拟现实和增强现实这两样技术发生突破性进展，电影和游戏的边界将不再存在，届时，所有的电影本质上都变成了游戏（以今天的科技巨头公司对它们倾注的热情来看，这种突破很可能会在 2025 年前发生）。所以珍惜这个还能说「watch a movie」（看一部电影）的时代吧，在不久的将来，我们会称之为「play a movie」（玩一部电影）。

如果你还是对游戏缺乏信心的话，大可不必。按照不久前市场调查机构 IHS 公布的数据，2015 年全球游戏产业规模将达到 920 亿美元，这个数字比 2015 年全球电影产业规模（620 亿美元）和全球音乐产业规模（可怜的180亿美元）的总和还要多。你看，游戏早在我们不知道的时候就已经变成了艺术的魁首，它接下来要做的，就只剩下等待技术革新的到来——然后将艺术垄断。

游戏是艺术的终极形态。关于游戏，这就是我的第二个预言。

没有第三个预言了，不过还剩一个故事可以讲。2003年我读高中一年级时，患上了严重的抑郁症，甚至生出强烈的轻生和自毁念头（说起来好笑，导致我患病的原因，竟然是考入省重点高中的天才班后，我的成绩不再是班里的第一第二了，我在无数次的自我怀疑里情绪崩溃，自尊心之脆弱可见一斑）。不得已之下，父母只能让我退学在家，两人24小时轮番守护以防我自杀。虽然他们请了多位心理医生来为我做疏导，也使用药物辅助治疗，但我的病情一直不见好转。到最严重的时期，我在长达41天的时间里没有说过任何一个字；我终生都视之为英雄和偶像的父亲，为了能让我开口说话，甚至下跪求我，我也无动于衷。

这病情最后是如何治愈的呢？第42天下午，我瞥到桌上报纸的一角写着「《魔兽争霸3》资料片《冰封王座》上市」的字样，忽然产生了想要玩的冲动。要知道那时期我除了会对轻生和自毁有冲动，对其他一切事物都提不起兴趣，猛然间出现了一种「新冲动」，就连我自己也被吓到了。于是我对父亲磕磕巴巴说了一句:「带我去组一台新电脑吧?」——41 天里的第一句话,6 个月里的第一次迈出家门。以那为转折点,我每天玩游戏玩到精疲力竭,让自己无暇再生出自杀念头;又在游戏世界里尝试着重新与人交流,让自己慢慢恢复了对世界的兴趣。如此只用了不到半年时间,我就从抑郁症里走了出来,免于沦为一个精神废人。

然后你还敢跟我讲游戏的坏话,说什么「电子海洛因」?

关于「小众优越感和精英仇视感」

然后多读书、多与人交流、多亲身去做些什么事、多拷问自己几遍以上问题，应该还有救。

「小众优越感」是一种不合逻辑的情感，因为小众的事物并不等同于优越的事物。恰相反，虽然偶有小众的事物令人惊艳，但绝大多数小众的事物其实都特别糟糕，特别糟糕也正是它们一直小众的原因。

我的建议是，「小众优越感」要不得，但你可以改试试「优越优越感」。

「优越优越感」的意思是，只对优越的事物产生优越感，这就合逻辑了。因为「使人产生优越感」，原本就是优越事物的创造动机之一。当你在 2010 年拿到一部 iPhone 4 时，那种天才般的工业设计带给你的自豪感，是它的设计者预期带给你的，也是你应得的。

「小众优越感」的反面是「精英仇视感」，即仇恨精英，认为精英都是装逼或傲慢的，这个就更加可怕了。小众优越感最多只会令人觉得反感和可笑，精英仇视感则干脆用一种蛮不讲理的反智态度，把自己周遭的一切优越事物给驱逐掉了。

如果你不幸染上「精英仇视感」，就要赶紧开始自救，尝试拷问自己以下问题：

- 我讨厌的，是精英所表述的内容，还是精英说话时的态度？
- 如果是精英所表述的内容，我看不懂，是否可能不是他们在装逼，而是我自己的学识不够，他们其实只是在正常表述？
- 如果是精英说话时的态度，他们傲慢，是否可能这种傲慢，只是我自己单方面臆想出来的，他们其实是心平气和的态度（与人沟通的态度大致分三种，高傲、不卑不亢、谦卑，其中不卑不亢是与人沟通的最理想状态。但在很多人眼里，不卑不亢也要被划分到高傲一类里，也就是说，在他们看来沟通只有两种态度，若非高傲就是谦卑，如果你不能谦卑对他，他就认定你是高傲的。以我观察，有「精英仇视感」的人身上普遍存在这问题）。

然后多读书、多与人交流、多亲身去做些什么事、多拷问自己几遍以上问题，应该还有救。

关于「好好说话 2.0」

诚恳承认自己的错误，并始终为自己的错误言行及其引发的后果负责。这是最重要的。

今天中文互联网世界最大的问题，就是戾气成为常态，大家普遍无法好好说话。几年前我曾对此发起过一个叫「如何开启一段良性讨论」（又名「如何好好说话」）的网络倡议，只要你试图发起一个什么倡议，为了让更多人接受它，就一定得婆婆妈妈、不厌其烦的啰唆，一啰唆，人就不酷了。对我个人而言，「维持自己的酷」是一件相当重要的大事，所以非得是更加重要的顶天大事，才能让我不惜放下酷，去发起一个什么倡议。互联网的讨论氛围就是这样一件顶天大事，我人生的大半所知所学都来自互联网，而不好好说话正导致互联网上的优质内容生产者们心灰意冷，逐渐放弃生产，这就极大损害了我的利益。现在几年时间过去了，我们说话的习惯有了新的演进，这个倡议也应该出一个新版本。

我称之为《好好说话 2.0》。

一、不使用脏话。即便脏话用于表达程度之强烈，也应尽量慎用。绝大多数情况下，它只会让人感觉使用者缺乏足够的遣词造句能力。

二、讨论的目的，在于「寻找什么是对的」，而非「证明自己是对的」。后者也是导致「拒不认错」这个行为的原因。

三、讽刺是一种高等级的、令人激赏的表达技巧，但它的效力只作用于合适的语境下（详见后面《关于「讽刺的语境」》一文）。最初发表观点时，可以讽刺（包括但不限于搞笑、调侃、吐槽），这有助于观点的传播；但与人进入具体讨论时，则要避免讽刺。

四、不做「动机揣测」。以下皆为动机揣测：

- 「你想红想疯了。」
- 「大家散了吧，此人已经被收买。」
- 「不就是借机抱大腿，炒作自己吗？」

五、不使用「资格论」。以下皆为资格论：

- 「你懂个屁！」
- 「你一个 ××××，有什么资格评论别人？」
- 「等你也能 ××××，再来跟我说吧！」

六、不「混淆概念」。以下皆为混淆概念：

- 「×××× 假唱又怎么样？毕竟他们还未成年。」
- 「×××× 的产品好用？他们创始人是同性恋！」

- 「反对婚姻制度？那你是怎么被生出来的？」

七、尽可能少的使用反问句，多使用陈述句。尤其要避免「反问句」+「呵呵」句式，考虑到该句式已成为当今网络世界最大争吵源之一，且它暗含着使用者「我根本不打算进行任何有效讨论，我就是单纯要鄙视你」的立场，我们应当像不随地吐痰一样，不使用该句式。

八、当自己的观点、论据、逻辑遭受对方质疑时，相信对方是「对事不对人」的，因为你对对方也是如此；倘若发现对方不是如此，则宁可直接且优雅的快速退出讨论，也不使自己陷入同等「对人不对事」的可悲境遇。

九、在讨论过程中向对方表达感谢，有助于维持一段良性讨论的氛围；在讨论结束之后向对方表达感谢，有助于开启或增温一段友情。一个奇怪的现象是，人们在网络世界里往往不太习惯向他人表达感谢，这时候如果你能勇于致谢，你与被致谢方都能收获额外的愉悦。

十、诚恳承认自己的错误，并始终为自己的错误言行及其引发的后果负责。这是最重要的。

关于「群体的门槛」

我当然知道自由、开放、协作、分享是互联网之精神，但最近几年我开始意识到，奠定了互联网精神的那些人，与今天绝大多数使用互联网的那些人，并不是同一类人。

但凡一个群体组织，大到一个国家、小到一个只有百十来号用户的论坛，都不可避免要经历「初创—发展—繁荣—衰退」的四部曲过程。这个过程的中间两步，即发展和繁荣阶段，总是最迷人的。最丰饶优质的内容在这两个阶段被大量生产出来，群体中的每个人都因此在精神或物质上快速受益；又由于这种受益得来的如此容易，大家就不会像通常那般吝啬，反而会很慷慨的去进行更多的分享与创造，然后就形成了一个更多、更快受益的正向循环。可惜的是，这个美妙的循环无法永久存在，它总会在某个时刻被打破，也是自那一刻起，该群体开始进入衰退期。

我非常想弄明白那个循环被打破的时间点到底在哪，换句话说，一个群体到底是因为什么才进入衰退期的?

如果你想从一个更宏观的角度去观察一个群体的发展，把它搬到网络上是一个绝佳的选择。网络的信息流动速度数倍于线下生活，这种高速属性会把那个四部曲过程无限加快，从前数十上百年才能完成的过程，在网络催动下只需几年就可以走完。自 1998 年我开始使用互联网起，先后经历过八个网络社区的四部曲过程，分别是：西祠胡同、新浪论坛、水木清华、天涯、猫扑、Replays.net、虎扑、知乎。其中的后三者，我在里面都成了所谓的「明星用户」；最后的知乎更是曾以运营者的角度深度参与其中。除此之外，还有其他一些社区，或者我只是中途零散参与，或者它们没有产生足够大的影响力（比如在 2000 年左右短暂风靡的「江湖聊天室」，它融合了 MUD 纯文字网络游戏与聊天室的属性，被认为是网页游戏的鼻祖，但用过它的人都更倾向认为它是一个小社区），我就不把它们算作其中了。在网络社区这个领域，我应该算得上有发言权，而我一路观察和参与下来的经验是——如果你的目标是尽可能扩大用户数量，也就是满足投资方的需求，衰退就会很快到来，劣币驱逐良币的速度远比你想象的要快（但这并不是衰退的原因，只是衰退的一个表现形式）；而如果你选择忽略投资方的需求，只去实现自己的预期目标，99% 的可能性你以更快的速度没钱破产了，剩下 1% 的可能，你变成了一个非营利性组织（比如靠募捐存活的维基百科），衰退得以延缓，但最终也还是会到来。所以你就明白为什么你所使用的每一个网络社区，最终都免不了在某个阶段开始以扩大用户数为目标，然后走向衰退了，因为这确实就是最明智的选择。

明智的不一定就是好的。我试图研究那些 1% 可能性的非营利性组织（其实它们并不像你所想的那样罕见，比如一个总共只有十几个人的研究字体排印的 QQ 群，也算得上是一个非营利性组织群体，这种兴趣小组在我们的生活里就很常见了），打算从这些最慢走向衰退的群体身上，逆推出衰退的真实原因。

维基百科是我最先想到的例子，它甚至不能被称为一个社区。在用户眼里它更多是一个「工具」，而在它的创造者眼里，它则是一个「协议」。在这个协议之下，全世界的编辑们遵循着极度严苛的规则，小心翼翼的对每一个词条进行添加、完善和修改，最终创造出了这样一个包罗万象的百科全书。我相信对维基百科而言，加入一个简单的评论功能，让所有人可以自由评论，使它具备社区属性是非常简单的事，但万幸他们没这样做，否则「外行评价内行」这件事的后果，很可能会给维基带来倾覆之灾。

不要误会我的意思，「外行评价内行」当然是社会常态，影评人在对一部电影进行批判时，并没必要去学会拉片子，学会怎么画分镜，学会掌握动势剪辑的分寸（不过如果学会了，他的影评会好十倍），他只需有基本的审美和一个观众的立场就足够了。但在社区里，这件事就变得有所不同——此前的「外行评价内行」，被评价者都是明星、政客这样的公众人物，被骂是公众人物必须承担也已习惯承担的工作内容；可是在一个社区里，大家是彼此平等的存在关系，贡献内容的内行们往往也并非公众人物，当他们遭遇外行的讥讽时，气愤和尴尬是一定会有的情绪。这样的气愤和尴尬经历的次数多了，为了不再自取其辱，转身离开就会是最终的选择。事实上，2014 年之后的知乎就存在这种问题，当时我虽已离职，但依旧是知乎的重度用户，我眼见着「精英仇视感」开始在社区里弥漫（只要你采取绝对平等开放的原则，毫无条件的把权力均分给所有人，最终的结果就是民粹主义横行、精英仇视感弥漫），很多优质内容的贡献者被外行的讥讽和谩骂逼得离开。想到他们还有那么多有趣的观点和经历从未与人分享，这些观点和经历以后也将不再为人所知，我实在深感痛惜，于是写了很多篇文章试图挽留，甚至还想到了一个解决方案，就是请求那些饱受讥讽谩骂之苦的内容贡献者们选择「关闭评论」这个选项，以此来减少自己被攻击的几率，但是也收效甚微（这也是社区的厉害之处，只要你身处其中，表现自我、获取关注就成了一种本能，而关闭评论与这种本能相悖，它会让自己获得的关注度和反馈急剧减少，大多数人就不愿这样做了）。

而维基百科勇于「说不」的做法，让它们从根源上免除了这种痛苦。在我看来，维基百科的规则不仅仅是它严苛的编辑标准，那种「不允许内容消费者对内容生产者随意进行评价」的态度，实际上也属于规则；甚至其创始人吉米 · 威尔士所言「商业本无错，广告亦非恶，但它们不属于维基百科。维基百科跟其他的网站不同，它像是图书馆，又像是公园，也是心灵之殿。它是让我们思考、学习以及分享知识的地方。维基百科初创时，我可以拿它来谋利，经营成刊载广告的商业公司，但我决定做些与众不同的事……」这种拒绝商业的立场，亦是规则。

非营利性同时又有影响力的网络社区实在很少，我只能跳出社区这个范畴，从身边那些一直没有衰退的群体下手。几年前我做游戏时曾组建过的四人团队 Legend 33 Studios，在创业失败之后我们四人的感情并没有因此受影响，反而因为少了工作里的争执，沟通变得更加愉快。这个小团体至今依然还在，我们的交流也一直没停止过，并且一直遵循着这样一些规则——「不问蠢问题」「如果到了对方所在的城市就一定见面，其他时候则不刻意安排会面」「只分享让自己惊叹的书籍（我们日常阅读的大多数书籍都只到有所得的地步，远称不上惊叹）」「寒暄是没有必要的」「只在自己遇到无法解决的严重问题并确信对方有解决方案时才向对方寻求帮助，以免给对方造成太多麻烦」、「如果遇到自己特别中意的项目或想法，就从对方那里寻求否定和挑战，以验证项目或想法是否足够成熟」——有趣的是，这些规则从来没被宣之于口或写于明面上（否则这也太矫情了），我们好像就是有足够的默契来共同遵循它们。

这种「妥善的规则」，才是维系我们这个小群体能一直兴盛的原因。除此以外，我回想身边所有尚未进入衰退期的群体（好吧，其实也没几个了），发现它们无不具备这种妥善的规则。而那些已经衰退了的群体，它们也并非生来就半死不活，它们也都曾有过发展和繁荣的美妙时期，彼时它们的规则也一定曾是妥善的，只是随着时间的发展，它们不再妥善。所以让我们回到最初的那个问题，一个群体的衰退期是在哪个时间点正式来临的？我愿意把它定义为：

当它的规则赶不上用户行为变化，开始变得不再妥善的那一刻。

妥善的规则，对内能营造出一种自己人的归属感，让群体中每个遵守规则的人将自己与其他人区分开来，并愿意自觉去维护它，这就加固了群体的稳定性；对外能营造一个门槛，让无法做到的人望而生畏、主动退却，这就减少了群体里出现「破窗」的可能性（闹市里的一扇窗上有六块玻璃，如果六块玻璃都完好，这扇窗就能一直完好下去；如果六块玻璃中有一块是破的，很快另外几块也都被人打破。这就是犯罪学里著名的「破窗效应」）。

我当然知道自由、开放、协作、分享是互联网之精神，但最近几年我开始意识到，奠定了互联网精神的那些人，与今天绝大多数使用互联网的那些人，并不是同一类人。前者是一帮真正超越了时代、颠覆了世界的天才，后者就只是我们这些普通人；前者出于一个伟大的理念奉行这种精神，后者往往因为得来容易而毫不在意这种精神、甚至出于私利肆意曲解这种精神（比如互联网精神里的 free 是「自由」之意，但很多制作和传播盗版的人却把它解释为「免费」之意，以此为依据将自己的恶行合理化；偏偏很多人因为贪图免费，选择相信这种说法，进而加入了这个作恶行列）。所以，互联网精神当然是客观存在的，但它并不存在于所有使用者的心中——让我直说了吧，它不存在于绝大多数人的心中。

我的最终建议是，如果你有一个无比珍视的群体想要维护，那就用规则去构建门槛，然后不断完善这个门槛，努力维持它的妥当。当然，我的经验与总结很可能是错的，你也可以选择坚守互联网精神，去尝试寻找自由与开放的解决方案。并且幸运的是，我们应该都还有足够多的时间，去经历很多个群体，在这些群体当中去验证各自的方式。

但愿我是错的。

关于「讽刺的语境」

他们从不是为了搞笑而搞笑，他们是为了讽刺而搞笑。

我是一档美国综艺节目《周六夜现场》（*Saturday Night Live*）的狂热粉丝，这档深夜电视节目创立于 1975 年，到今天已经播放到第 40 季。国内最早一批《周六夜现场》的观众，大约是在 2006 年左右知道它，那年忽然火起来一个叫 YouTube 的新网站，这网站上竟然可以在线观看各种别人拍摄和上传的视频，实在让人大开眼界（是的，十年前的人类就是这么没见识）。那时候 YouTube 上最火的视频，永远属于一个叫「孤岛」（The Lonely Island）的团体。只看名字，你会认为这应该是个很酷的团体，实际上他们是三个神经病一样的搞笑天才组成的说唱组合，他们唱的歌总是极尽恶搞之能，还用不亚于专业拍摄团队的手法和设备，制作出让人捧腹的精良 MV。就连 YouTube 官方也承认，自己最初能在全美火起来，全凭孤岛的一支叫《懒惰周日》（*Lazy Sunday*）的 MV。

看得久了，我发现孤岛的每个视频开头都会有一段全大写文字：「SNL 数字短片」（AN SNL DIGITAL SHORT），就不免好奇这 SNL 到底是什么东西。搜索以后才知道，这是一档综艺节目《周六夜现场》的缩写，这节目每期都由 8 至 10 个搞笑段子构成，而那些让我捧腹的孤岛视频，竟然只是其中的一个小段子而已（我也是这时才明白，为什么孤岛的 MV 制作会如此精良，还常有超级巨星去客串，原来他们背后有着一整个电视节目的资源支撑）。

那年美剧《越狱》在中国爆红，国人开始第一次大面积接触美国电视节目，「字幕组」随之多了起来，也开始有团队专门给《周六夜现场》做字幕翻译。多亏了这些辛勤的字幕组，否则以我当时可怜的英文水平，根本不足以看懂这节目里诸多政治梗和文化梗的意思。只完整观看了一期节目，我便彻底变成了《周六夜现场》的粉丝。

此后这么多年，我一期节目也没落下过。我看着节目里的演员从青涩的新人变成独当一面的台柱子；看着他们拿艾美奖、奥斯卡奖，成为喜剧巨星，然后离开节目去做自己的电视剧、电影、脱口秀；再看着新晋演员加入进来，重演上述过程。再后来，我自己也出道做了艺人，就越发能体会这节目的天才和独特，国内的综艺节目与之相比，简直天差地别。

我想任何观看过《周六夜现场》的观众，哪怕并不喜欢它，也能察觉出它跟国内综艺节目的显著区别，它的搞笑更为「高级」。但是具体高级在哪里，我们好像也一直说不出个所以然。如果是文化梗的原因，国产综艺节目一样也会拿流行文化来搞笑（尤其是对网络流行语有一份很奇怪的执着存在）；如果是政治梗的原因，今天国内电视节目谈及政治的尺度其实已经很大了，只要不涉及核心管理层、国家意识形态这等问题，其他大可以拿来开涮。这个「高级在哪里?」的疑问一直困扰了我很多年，直到几个月前我才终于找到了答案。

这答案并非我想出来的，而是节目自己告诉我的。那天是《周六夜现场》开播四十周年庆典日，节目组把四十年间所有的演员和曾客串过节目的超级巨星全请回来，做了一期长达三小时的特别节目。在这期节目里，演员们都来表演历史上自己最受欢迎的经典段子，其中有一个段子名叫「韦恩的世界」（*Wayne's World*，若读者里有资深电影迷，曾看过著名的美国喜剧电影《反斗智多星》和《反斗智多星 2》，那两部电影就叫 *Wayne's World*，它们正是根据《周六夜现场》的这个经典段子衍生而来，两位主演也正是节目里的那两位演员。一个段子可以衍生出两部电影，足见节目的影响力）。在这段表演里两位演员总结了四十年来《周六夜现场》的十大关键词，其中有一个词，「讽刺」，一下就击中我，瞬间让我明白了节目到底高级在哪里——无论是编剧，还是演员，他们从不是为了搞笑而搞笑，他们是为了讽刺而搞笑。

这也正是我们常觉得国产综艺节目不好笑的原因，他们不敢讽刺。而不敢讽刺的原因，多数时候也并非出于政治因素，而是没有能力营造出一种讽刺的「语境」，这种语境，就是《周六夜现场》（还有其他诸如《南方公园》《乐坛毒舌嗡嗡鸡》以及几乎所有西方脱口秀节目）可以肆意调侃一切而不怕被人记恨、反倒能让人疯狂喜爱的原因所在。

讽刺虽然是幽默的，但它却不通过「讨好」来达成幽默的目的，相反，它是危险的，它通过「挑战」来达成目的。讽刺者总是会直接找到被讽刺者的短处，将之单独提取出来，甚至还要再放大夸张一些，从而制造出一种「冒犯感」。只要这种冒犯感被人们认为是无恶意的、在可接受范围之内的，人们就会因为突破了一点点禁忌而感到兴奋和好笑；笑过之余，人们还会因为这种赤裸的呈现而直观认识到那短处不好在哪里，自然就会有意识的去规避或改正——这就完成了一次成功的讽刺（所以林语堂认为讽刺总是有警醒作用的）。

不难发现，一次讽刺能否成功，要取决于两方面的共同作用——一是讽刺者的吸收和表达能力，二是接受者的理解和包容能力（接受者不仅仅指大众，也包括被讽刺者）。讽刺者和接收者的能力强弱两两组合，就会出现以下四种情况：

一、讽刺者能力强，接受者能力弱。

接受者就会忍无可忍，爆发出激烈的情绪。过去几年，我们时常看到的「美国 ×× 脱口秀主持人，为自己针对 ×× 事件的过火言论向公众道歉」新闻，就属于这种情况。要知道美国的喜剧人才晋升之路，有着足够清晰的刻度和标尺，先在酒吧里做几年单口表演，做的好再去给脱口秀节目写上几年台本，做的再好慢慢到台前节目里串几年场结下观众缘，到最后最受观众喜欢的那一个才能获得属于自己的脱口秀节目。在这种晋升机制之下，每个脱口秀主持人都是身经百战的喜剧专家，背后也还有着一整个团队为其提供台本，他们对观众的判断和把握能力在多年的实战里早已达到了无比精确的境界，为什么还会惹怒观众呢？因为他们是出色的讽刺者，他们怀有挑战禁忌话题的使命，这样才能拓宽观众的接受程度，不致让以后的讽刺者们还只局限于今日的狭小范畴（脱口秀主持人 Stephen Colbert 在 2015 年维克森林大学毕业典礼的演讲中如是说：「这些年来，我在自己的工作上花了很多心思，我知道哪些笑话能使人发笑，也知道哪些笑话会产生争议，但我还是要把那些争议性的笑话说出来。我自己的基准使我在没人发笑或被我采访的人要给我一拳的时候，也能坚持下去」）；而接受者却往往不理解这种超前意识，自然就容易引爆激烈的对立情绪。

在大众眼里，地域歧视、种族歧视、性别歧视、性取向歧视，这些都是比较常见的「政治不正确」，讽刺者正是要挑战这些政治不正确来进行表演。他们的表演里其实暗含一种「我们都知道歧视黑人是不对的。好，接下来我们歧视一下黑人」的善意语态，可这个语态的前半句，他是不可能直白讲出来的（否则也太愚蠢了，这又不是在拍国产电视剧），全得靠接受者的理解和包容。一旦接受者不理解、不包容，讽刺就会立刻宣告失败（不过另一方面，这些脱口秀主持人宁可一次次出来道歉，也还是要继续挑战禁忌，就是因为他们足够清醒——挑战失败会得罪观众，但不挑战则会彻底没有观众。国内的许多表演者，只要有一次接受者不买账，就赶紧主动把作品自我阉割掉，所以他们现在没有观众了）。

二、讽刺者能力弱，接受者能力强。

这简直是在暴殄天物。讽刺者们自然会因此难堪，接受者们也免不了要替他们尴尬。在我看来，讽刺者的能力弱，无非就是他的吸收能力弱，或者表达能力弱。

吸收能力弱，弱在懒惰。很多讽刺者只在自己的生涯初期勤于吸收，等形成了自己的创作模型之后，就只会不断重复而已。本质上，他们其实是懒于随时更新自己，不愿逼迫自己去吸收流行文化。在喜剧创作当中，「提炼」是一件掌握了技巧以后就非常简单的事，即便是我们普通人也都会模仿上一两个明星，找出那些模仿要点的过程就是一种「提炼」；而「吸收」就要困难多了，它需要深度接触大量的流行文化来做背景支撑。还是以模仿明星为例，你可以轻松提炼出一个明星的模仿要点，但你如何能做到在节目的某个时间点恰当的模仿出某个明星呢？只能先把市面上所有的明星都事先了解一圈、模仿一圈，建立起足够完善的后备资源库以待随时调用，这就是一项浩大的工程了。流行文化是讽刺最重要的创作来源，它耗时最久、最牵扯精力，占用的还都是讽刺者的非工作时间，所以如果你不是一个狂热的流行文化爱好者，就很难做到长时间的吸收。

表达能力弱，弱在演技差。这可能是最基础，也是最被忽略的要素了，尤其是对中国的讽刺者而言。任何编剧在创作内容时状态都难免有起伏，而演技的作用，就在于当编剧交出的内容不够好时，也能凭纯熟的表演让观众满意。《周六夜现场》就是个绝佳的例子，节目里的许多段子我并不了解其文化背景，有时甚至根本看不出它的讽刺点在哪里，但演员们的表演本身足够出色，就能吸引我一直看下去，直到看明白的那一刻。讽刺是一项易上手、难精通的技能，很多观众在轻松成功过几次后会对它生出轻视，认为不过尔尔：「会说话不就能讽刺吗？」如果讽刺者本身也是这种认知状态（这在今天的网络自制剧领域里十分常见），演技就会一直「业余」下去。

三、讽刺者能力弱，接受者能力弱。

这……就只能先做做国产综艺了。

以上三种情况，我认为已经囊括了所有讽刺无法存活的缘由。最后剩下的那一个——

四、讽刺者能力强，接受者能力强。

这种情况，我们才能称之为具备了讽刺的语境。它是勤奋、敏锐、大胆的讽刺者，和善意、理解、包容的接受者共同营造出的喜剧之土壤，是通往一种更高等级幽默的阶梯。所以如果下次你看到一个精妙的讽刺表演，不妨鼓掌致意——他可是刚刚完成了一次「危险」的演出，而你恰巧又是个不喜欢「安全」的观众。

关于「初级艺人入门」

「被很多人喜欢」并不是这个工种的最主要特性，它只是一个阶段性成果。该工种的最主要特性，是「被很多人误解」，这也将是伴随你整个职业生涯的工作内容。

在自己变成一个艺人之前，我对艺人这个群体怀有极大的偏见。我认为他们中的多数人都无知、自大、不真诚、缺乏逻辑并且毫不以之为耻；此外，他们每个人看起来都不大正常，好像不一副神经兮兮的样子就不能算是一个艺人。

后来我自己也成了艺人，对此就有了新的认知。考虑到我做艺人的时间尚短，这些认知难免会片面浅薄，所以对真正的艺人来说这没有任何参考价值；但对于不是艺人、从未接受过相关训练、又打算强行成为艺人的那部分读者来说，我是一个少见的样本，这些认知应该会有些用处，算是不错的入门指南。

一、艺人只是个工种。

二、「被很多人喜欢」并不是这个工种的最主要特性，它只是一个阶段性成果。该工种的最主要特性，是「被很多人误解」，这也将是伴随你整个职业生涯的工作内容。想清楚这一点，虽然不能保证你成为出色的艺人，但至少能让你不至于自杀。

三、无知、自大、不真诚、缺乏逻辑并且毫不以之为耻，这些不是艺人的专利，普通人也多如此，只是普通人没机会得到艺人这般多的曝光。你的缺点总是会被无限放大，然后被人记一辈子，对此你要做好充足的心理准备。

四、神经兮兮是对的。绝大多数艺人的问题，在于神经兮兮得远远不够。大众如果想看的是正常人类，就根本不需要艺人的存在，他只需环顾四周就可以了；大众需要艺人，是因为渴望看到一个有别于常人的存在，一个某方面或某几方面特质无比突出的特殊个体。一个很好的验证神经兮兮是否足够的办法是，「想象别人会如何在综艺节目里模仿自己」。如果这种模仿轻而易举，你就已经成功了；如果想象不出别人会怎么模仿你，你就要去深挖掘一下自己的某种特质了。

五、在得知第四点的前提下，如何能做到最大限度的不失本心、免于沦为虚伪的表演者，是出色艺人和平庸艺人的分水岭。

六、你是个有工作的人，确保每周 40 个小时的工作时长是非常基本的要求。

七、镜头会把你拉胖 15% 至 30% 左右。你在屏幕上看到的胖人可能并没那么胖，你在屏幕上看到的瘦人则真的瘦得很严重了。如果你打算以艺人的标准要求自己，首先从换一个新的体重秤开始吧。

八、这个工种的工作时间极不规律。带来的最大问题是会轻易破坏掉你的纪律性，常使你好不容易养成的良好习惯（比如阅读、健身、睡眠，以及几乎所有专项技能的坚持训练）被迫中断。每次中断，想捡起来重新开始都是非常困难的事，这就需要你有比常人强大数倍的自律性。

九、你将永远无法成为天王或天后，这并不是你的错。上一个时代里，一两份报纸和一两个电视台就是所有观众的全部娱乐入口，全国人都在看那 20 个明星，他们中的佼佼者自然可以霸占所有注意力，成就天王与天后。而今天这个时代，每一分钟你的社交网络时间线上都有 20 个明星在以讨好的姿态向你扮酷、卖萌、耍贱，选择的增多注定导致每个人的注意力被摊薄，也就不会再出现所有人都喜欢一个人的场面。你能做的，就是努力成为受某一群体欢迎的艺人而已。

十、「耻于表达」是人的智识水平增长到某一阶段后的必然产物。越是学习，就越是意识到自身之浅薄，就越是耻于表达，这对很多人而言是谦虚之源，并非坏事；可偏偏艺人的工作性质却强迫你要不停去表达，这就使你陷入一个思想与行动相悖的困局。想破解此困局，唯一的办法就是以「不嫌自己丢人」的绝强信念，不耻于表达。当你深夜自省，因那些自己都无颜接受的言行陷入深深的自我厌恶之时，我这里有一个特别合用的缓解方法——读更多的书是可以冲刷这种罪恶感的。亲测有效。

关于「知心大哥哥的存在主义哲学」

轻生者们各有各的不幸，他们发来的讯息也总是格外长，但最终问我的问题都一样：「我活着到底还有什么意义？」

不知是何原因，我在社交网络上常收到别人的情感倾诉（据我猜测，这有可能是因为我曾在闲暇时开办过一个电台节目，而很多人认为电台主持人天生就有「午夜情感答疑」这种属性，丝毫不考虑我那个节目连名字都叫「恶毒的梁欢秀」），他们给我发来大段讯息，诉说自己遭遇的情感问题，向我寻求建议和帮助。以我一向高贵冷艳的人物设定，哪能去干这种知心大哥哥的活计？我还要不要酷了？可是总有例外，让我屡屡违反原则去一次次解答——对方是轻生者。

轻生者们各有各的不幸，他们发来的讯息也总是格外长，但最终问我的问题都一样：「我活着到底还有什么意义？」

人活着并不需要意义。存在主义最重要的贡献就是萨特所言：「存在先于本质。」你的存在纯属偶然现象，先是有了活着这个事实，才有空去思考意义这件事。意义是后天选择而来（死亡也不过是其中一种选择），跟地球上的绝大多数生物一样，没有意义你也一样能活。

换句话说，人生并非一个已经写好了剧情的线性游戏，你遵循其意义活下去；而是一个完全开放的沙盒游戏，你要自己去选择和塑造意义。当你创建人物进入《人生》这款大型游戏时，一切都是空白的，此后你所拥有的一切，三观、兴趣、技能、信仰、身材、道德，全靠慢慢选择而来（在游戏刚开始那个阶段，带你的老玩家们，通常是你的父母，会帮你做一些选择）。而所谓「存在的意义」，就是你给自己的选择所做出的解释。

有趣的是，这款游戏开放给玩家的权限相当高，你不仅可以给自己的选择做解释，还可以打开游戏编辑器，给别人的选择做解释，只要你愿意，你可以解释任何事存在的意义，甚至还可以继续去扩展它，发现游戏里更多的隐藏剧情。我们来做个实地实验。

此刻我眼前开着四个网页，其中第一个网页是一篇有关篮球的文章，《重排 NBA 历史五十大巨星》。如果你是轻生者，这文章跟一切东西一样毫无意义，让你提不起兴趣。但你也可以试着去解释这篇文章存在的意义——在任何领域里，人们似乎都乐此不疲的谈论该领域「历史上谁最伟大」，只要话题开启，参与讨论者就会聚过来引经据典、旁征博引一番，以展示自己的专业程度。所以这篇文章存在的意义就出现了——「显得专业」。这是一个相当正当且重要的存在意义。

我们接着往下扩展。如果想实现「显得专业」这层意义，有没有更好的解决方案？我恰巧有一个，比起谈论「历史上谁最伟大」来，不如去谈论「历史上谁更被低估」。

相较于「科比和勒布朗哪个是更伟大的球员？」这种无休止的口水战（同类例子还有「苹果和谷歌哪个是更杰出的公司？」「《肖申克的救赎》和《教父》哪个是更伟大的电影？」「Ruby 和 Python 哪个是更好的编程语言？」），探讨一下「约翰·哈夫利切克和摩西·马龙哪个是更被低估的球员？」就显得专业多了，旁人只是看到这两个少见的名字，简直就已经开始觉得你专业了。（顺便，这个问题的答案是约翰·哈夫利切克，是的，我就是为了说出这个答案才专门设计了这个对比。）

想让自己知道谁更被低估，你必须先去通盘了解这个领域里的很多人和事，再去深入研究其中的某些人和事，最终才能得到一些想要的结论。在此过程中，你可能早就脱离了「显得专业」的趣味，开始「变得专业」了。你看，你竟然又找出了一层新的意义。

人活着并没有预设意义，这就是活着最有意义的所在——一个不愿透露姓名的知心大哥哥。

关于「银弹」

银弹是如此美好，以至于它在现实世界里不存在。

在欧洲的民间故事和奇幻小说里，狼人和吸血鬼都有着强大的肉体恢复能力，正常武器对它们造成的伤害瞬间就可以复原（这里的奇幻小说主要指21世纪之前的小说，当时狼人和吸血鬼最主要的工作内容还不是跟人类谈恋爱）。而银自古就被视为一种神圣金属，对邪恶生物有天然的克制功效，只有银质武器才能对它们造成真正伤害（照我理解，就是银阻止了它们强悍的细胞再生能力），其中尤其以「银弹」为佳。

银弹其实就是银质的子弹，在相当多这种类型的小说里，无论之前主角的处境多么险恶，只要最后时刻祭出银弹，邪恶大反派就该倒下了。后来这个词在1986年被著名的图灵奖获得者、计算机科学家 Fred Brooks 在自己的一篇名为《没有银弹》的论文里引用，用以形容复杂软件工程不存在简单解决方案。这篇论文在业界反响巨大，各路人马全

被炸了出来，纷纷跟帖讨论，一时间《有银弹》《确实没有银弹》《就是有银弹》《咬住银弹》之类的论文层出不穷（这并非玩笑，这几位回帖人都是日后的 Objective-C 语言之父、《算法学》作者之类的软件科学巨匠）。这么一折腾，银弹这个词从此就有了「复杂问题的至尊简单解决方案」的词义，并且广泛流行开来。

人人都爱银弹，它代表着我们可以一劳永逸。「一劳永逸」是个很能满足人类欲望的词语（简直仅次于「不劳而获」），所以你在各类虚构作品里都能看得到这种银弹——张无忌掉下悬崖，练出一身天下无敌的内力；史蒂夫·罗杰斯注射超级战士血清，脆弱青年变成了美国队长；网络游戏里点一项被动技能，暴击率永久提升 30%；洗发水广告里女明星冲着你喊，「五大受损，一个对策」。

银弹是如此美好，以至于它在现实世界里不存在。

我们可以把一个复杂问题比作为一座冰山，它之所以复杂，是因为浮于水面之上被大众看到的部分，只是它的丁点头部，而隐于水面之下更加庞大的层层本体，只有少数富有经验的专业人士才能看透。由于大多数人看到的始终是冰山一角，当他们呼唤银弹出现时，该银弹所针对的也仅仅是这一角的小问题，之于整座冰山的大问题来说，该银弹其实根本没什么效力。让我们来举例说明。

「反假唱」看起来是个简单问题，它应该是有银弹的——只需要政府出台具体的法律规定，禁止假唱就可以了。事实上，政府也确实出面这样做了，2005 年的《营业性演出活动管理条例》就已明文规定：「演员不得以假唱欺骗观众，演出举办单位不得组织演员假唱，任何单位或者个人不得为假唱提供条件。演出举办单位应当派专人对演出进行监督，防止假唱行为的发生。」自那以后，假唱非但没有得到遏制，反倒愈演愈烈。演化到今天，晚会上明星假唱已经成为标配；偶像歌手如果真唱一次，其粉丝们会惊呼「是真唱吗？好有勇气！」；甚至连街上的卖唱者们，也学会了找来歌手的现场版录音进行对嘴——银弹失效了。

「反假唱」是个复杂问题，隐藏在这个冰山一角之下的，显然有更多层因素。我们按照逻辑脉络把它梳理一下：歌手为什么会假唱？为了避免出丑。为什么会出丑？一是歌手现场演唱水准糟糕，二是演出方的调音水准糟糕。歌手现场演唱水准为什么会糟糕？因为没有养成科学训练的习惯（时至今日，唱歌依旧被很多国人认为只关乎天赋。如果有人坚持科学的声乐训练，甚至还会被嘲笑「练出来都会是一样的文工团嗓」）。演出方的调音水准为什么会糟糕？因为现场调音是个相当高端的技术工作，需要丰富的理论知识、大量的实战经验以及极端昂贵的设备支持，这三者国内绝大多数演出方都无法满足（国内的商演，预算基本全用来请明星，用于设备和调音师的预算极少，常闹出「不知道应该给歌手留出试音时间」「调音台路数不够，乐器插不了线，乐队没法演」这样的笑话。当真唱的条件都不具备时，假唱就会被视为正常选择——连我这样一个多年来一直以「反假唱」为标签的歌手，竟然还接到过三四次请我去假唱的商演邀约，假唱情况之普遍就可想而知了）。

现在我们大致明白了假唱的客观原因，那歌手们不是应该宁可真唱出丑，也不假唱才对吗？道理是如此，但在多数观众眼里，假唱是小事，出丑才是大事。所以上至演出方，下至歌手本身，都会有这样的认知——选择假唱，反正大家都在假唱，做这种司空见惯的事似乎也没什么道德压力；选择真唱，一旦唱成车祸现场，就会被大众嘲笑，在视频网站和社交媒体发达的今天，这种车祸现场会成为一辈子的黑历史，代价实在太大——于是演出方和歌手不约而同，一致决定假唱。

层层分析到这里，我们终于找出了假唱的最底层原因。要解决假唱问题，也要自最底层入手，先努力让观众们形成一个「宁可听车祸，也不听假唱」的取向。对此我所采用的办法是，不留情面的把每一个假唱歌手揭露出来示众，不仅如此，还要极尽讽刺之能去挖苦他、嘲笑他，使他名利受损，让观众们逐渐养成「假唱是天大的坏事」这种认知。等这一层面的问题得以解决，再去解决更上层的唱功问题及调音问题，这需要的可能就是一辈甚至几辈人的努力了。

这种「自下而上」的解决问题思维，与「自上而下」的银弹思维正好相反，我认为它才是正确的解决问题之道。长久以来，我们遇到难以解决的问题时，总容易愤怒，容易去发泄一通，然后就呼唤银弹，期待它能简单利落的解决问题（旧时代的百姓遇到难关就会呼唤包青天，他们认为只要有一个清官，所有问题就能迎刃而解，这便是一种典型的银弹思维。真是丝毫都不考虑清官们的感受啊）；等银弹失效，我们却又颓然放弃、自此认命，把问题归为无解。这种「自上而下」的银弹思维，在我看来既不负责任又不牢靠，若想解决复杂问题，非得是「自下而上」的去一个个解决、一层层解决、不厌其烦的长时间解决，冰山才有被破开之可能。

毕竟没有银弹。

关于「减肥和戒烟」

对绝大多数刚开始健身的人来说，重要的不是怎么做更高效，而是怎么做能让自己至少先坚持下来。

前文提到过，我在人生的大多数时间里都是个胖子，就算偶有瘦下来的阶段，也会很快胖回去。2013 年初我决定要出道时，体重还高达 92 公斤（我净身高只有 181 公分），当时我还因长期写稿、加班，染上了严重烟瘾，平均每天吸烟超过 40 支。

既已决定出道，我认为就该以做艺人的标准来要求自己，所以开始实施减肥和戒烟计划，前后耗时三个月时间，我成功戒掉了烟瘾并减去了 23 公斤体重。下面这些便是我的经验总结，它们有些来自我查阅的资料，有些来自健身教练的指导，还有些纯粹是我个人的选择和体会（最让人气恼的是，资料和健身教练的说法之间常有冲突，甚至两个教练之间的说法也能完全相反，他们每一个都说得有理有据，让你无从选择）。我并不能保证我所说的是正确的，更不能保证它们对你也适用。如果它对你没用的话，其实也是这本书一贯的风格。

一、有个说法是「不要跟成功减肥、成功戒烟的人交朋友，这两种人都是对自己心狠的疯子，什么事都做得出来」。许多类似的反智言论，都有点理直气壮的好笑，但是千万不要轻视它，当我是个有重度烟瘾的胖子时，这种无聊的话真的能成为我停止减肥和戒烟的理由。因为我在意的根本不是它正不正确、有没有逻辑性，我只是需要随便一个什么话来让自己放弃坚持而已。要知道，不管减肥还是戒烟，本质上都是对意志力的反复锤炼，所以也就不可能存在一种快乐或不痛苦的方法。

二、对绝大多数刚开始健身的人来说，重要的不是怎么做更高效，而是怎么做能让自己至少先坚持下来。

三、经由多次的减肥和戒烟失败，我艰难摸索出了一种适合自己的模式。这种模式的核心是通过自我绑架的方法来制造一种「中断惋惜感」。让我解释一下：通常在刚开始健身阶段，教练或书籍都会建议你每周进行两到三次训练，当我遵循这个节奏时，训练日无论多痛苦我都能咬牙坚持下来，但一到休息日，意志就会迅速垮塌，开始寻找各种借口来逃避接下来的训练。戒烟也是一样，常见的「每天定量三支烟」或者「今天 40 支，明天 39 支，后天 38 支……到第 41 天就成功」的方式都对我无效，我总是会在某个终于吸到一口烟的时刻对自己宣布：「哎呀，这么做又有什么意义？接着吸吧。」

从这些失败里，不难发现一个共性，就是我总会给自己留下那么一个喘息之机——健身有休息日、戒烟有可以吸的额度——恰巧每一次失败，都发生在这喘息之机里。于是我尝试消灭这种喘息之机，把健身频次改成每天一次不间断，戒烟方法也改成立即戒断，一支都不许再吸。这样一来，只要我有一次松懈，健身和戒烟就会立刻宣告失败。由于这个过程里的每一天都太过痛苦，所以坚持下来的每一天都让我生出劫后余生的庆幸感；随着坚持天数从一到二到三再逐渐累加，每次我意图中断，就会想到此前所有的痛苦都将全部白费掉！这种巨大的惋惜感，让我根本不忍中途放弃，并且越是往后，越是不忍。用这种自我绑架的方式，我攻克了最难的意志关。

四、人类能吃饱不过是最近两百到几十年间的事，在之前数万年的时间里人类是吃不饱的。为了生存，人体进化出了强悍的贮存功能，稍有多余热量就赶紧转化成脂肪存起来，以应付接下来可能存在的长时间饥饿。但工业革命之后，生产力进步太快，以我们今日的生活水平，饥饿在多数国家里已经不存在了，可肉体的进化速度又太慢，贮存脂肪的功能一直未被削弱，于是肥胖大面积诞生，人类自此开启了与脂肪的大型斗争史。

关于脂肪，我认为最重要的一个知识是——人体脂肪细胞的总数量，在成年前确实持续增长，但到成年后数量就基本维持不变了。我们减肥减掉的并不是脂肪数量，而是脂肪体积，那些脂肪细胞并没有被我们消灭，它们只是变瘪了一点，并且随时准备再胖回来。所以在不考虑代谢系统的前提下，如果你成年前是胖子，成年后继续是胖子的概率会非常大，就算你通过锻炼或节食变瘦了，也依然会是所谓「易胖体质」，更多的脂肪总量让你跟我一样稍稍松懈就迅速胖起来；而那些成年前就一直很瘦的人，他们成年后多半会继续是瘦人，并且怎么吃都不胖，他们的脂肪细胞总量少，就算全撑起来也不会有太大体积，最多只会在脂肪数量多的小腹和大腿位置有些赘肉而已。如果你读到这里时懊悔不已，我也没什么办法，你只能寄希望于自己的后代了。

五、你要去做力量训练。如果你的目标是拥有更好的心肺功能，跑步对你很重要；如果你的目标单纯是减肥，跑步其实是一个很差的选择。首先，健身房里盛行的「跑步不超过 40 分钟等于白跑，因为身体还没开始燃脂」，这说法毫无道理，跑步是一种燃烧卡路里非常即时的运动，只要跑就能立刻消耗能量；但它的缺点也在于这种即时性，一旦你停下来，很快就不再消耗了。而力量训练恰相反，因为负荷强度巨大，所以真正在运动的时间其实很短（多数时间用在哼哧哼哧大喘气休息上），消耗的卡路里并不多；但它的优点是当你停下来，它还能在接下来 72 小时里持续消耗能量，就算你睡觉了也可以继续享有这种消耗状态。这样算下来，力量训练消耗的热量反而更多。

更重要的是，力量训练能给你带来「基础代谢」的提高。基础代谢可以粗略理解为你醒着时什么都不做，身体单用来维持你活着所需要的热量。比起运动来，基础代谢才是人体消耗热量最大的大户。以我为例，我每天基础代谢消耗的热量是 1700 卡路里左右，而每天在健身房里累死累活练一次，也不过才消耗 500 卡路里，所以提高基础代谢才是减肥最重要的手段。力量训练能增加你的肌肉，每增加一公斤肌肉，你的基础代谢可以提高 75 至 110 卡路里，相当于每天都可以比别人多吃一个冰激凌而不长肉。

当然，并不是说跑步对减肥没用，最近几年我身边越来越多的朋友开始跑马拉松，他们无一例外都因此拥有了极佳的身材，但他们为此付出的时间和精力，也是你难以想象的。

六、说到肌肉，很多人担心力量训练会让自己变成肌肉人（在女生里尤其常见），这种担心是多余的。「教练我想练得体型更好看一点，但又不想练成施瓦辛格那样的肌肉人」这种话在教练耳朵里，等同于「老师我想提高一点写作能力，但又不想不小心拿到诺贝尔文学奖」。我们在媒体上常见到的肌肉人，那种肌肉形态可能需要十数年不间断科学训练、每天吃七顿被严格设计好的饭餐、口服甚至注射合成代谢类固醇等前提才能实现。你放心练吧，我保证你练不成那样，连接近都不可能。

七、因为体重基数大，我只用了一个月左右就减掉了头 10 公斤体重，但之后无论如何坚持，体重却一直维持不变。为了突破瓶颈，我选择了一种稍极端的方法，名为「阿特金斯饮食法」。这种饮食法的核心是减少碳水化合物的摄入，尤其是在最初阶段，戒掉任何糖、面粉、谷物、奶、水果、坚果甚至含淀粉多的蔬菜，但它的优点是你可以尽情吃剩下的几样东西——肉、蛋、油、盐、绿叶蔬菜。采用这种方法的第一周并没有什么效果，但坚持到第十天左右，我的体重开始以一天一斤的速度迅速往下掉。我想这种方法如果长期使用下去，肯定会对身体造成负面影响，而且它不仅减脂肪，还会减肌肉，这就让我的基础代谢率降低，所以我只用它度过瓶颈就停止了。不过阿特金斯饮食法的一些理念让我养成了一些维持终生的习惯，比如少吃主食；比如在饮品的选择上永远只喝水；比如把甜食当成烟一样来对待，它们都会让你上瘾，也都对你的身体没有好处。

八、关于戒烟，我实在没什么技巧性的东西可以讲，它是个「一力降十会」的事。

关于「创业不酷」

创业不酷。懦弱胆怯、浪费智力、磨损心气、成功率低、四处求人，这些才是创业的真实面目。哪怕是乔布斯的创业也不酷，他只是人酷。

创业的本质并不是改变世界，而是让进到公司账户里的钱能多于花出去的钱。所以，创业可能是最不酷的事了。

创业在全球范围内被塑造成一件特别酷的事，发生在最近十年。苹果、Google 和 Facebook 这些科技公司取得了空前成功，乔布斯和扎克伯格身上的那些传奇经历和古怪性格，让喜欢讲故事的媒体记者和电影编剧们趋之若鹜（你们也理一下 Google 的塞吉·布林吧，谢谢了）。科技成为至强生产力，程序员们变成和摇滚明星一样酷的存在，美剧《生活大爆炸》里点破一切的那句台词「聪明是新的性感」（Smart is the new sexy），象征着人类审美已经彻底由肉体转向了智力。

于是，投资客们怀着一种朴素的「我投 100 家公司，就算死掉 99 家，只要有一家做成，我可能就有 200 倍回报」认知，带着市场上大半的钱涌入了科技行业。创业者们拿到投资成了一件无比简单的事，无论你的产品逻辑多绕、目标受众多小、团队多不完善，只要能讲一个符合时下热门概念的故事，投资人就会迫不及待把钱打进你账户。旧金山湾区的房东们要看到租客的 A 轮投资协议才肯出租房子，雷军说出了那句著名的：「站在风口上，猪也能飞起来。」

可是，我们为什么要当猪?

投资者们的逐利天性，让他们只愿意把钱投给能快速获得回报的小风险项目，而那些需要海量前期投入、数十上百年发展才能见效的尖端科技行业，投资人们根本没有勇气去碰。最终导致「科技投资」变成了狭隘的「互联网投资」，就如彼得 · 蒂尔所言：「我们想要的是会飞的汽车，最终得到的却是 140 个字。」

投资人与创业者的这种共同懦弱（是的，创业很可能不是一件有勇气的事），让他们只敢在几个特定的领域里挤来挤去，反复「微创新」。有团队做面向 10 至 20 岁女性群体的明星与粉丝互动社区，就有另一个团队做面向 20 至 30 岁男性群体的观众与主播互动社区。几百个创业团队的工程师们，每人每天十个小时的辛勤工作，所开发的其实是同一套东西，这毫无疑问是对自身智力的一种浪费。

此外，由于普遍缺乏盈利模式，越来越多的创业者们把「拿到下一轮投资」作为自己的真正使命。如果你是一个职业经理人，这样的想法也许还不为过；但如果你是一家公司的创始人，回想一下自己最初的愿景，我想那应该不是「创立一家玩融资游戏的公司，把自己的心气耗尽」。

按照著名投资人马克·安德森的说法:「硅谷每年大概只有 15 至 20 家真正值得投资的创业公司诞生。」整个中国每年值得投资的初创公司，大概也是这个数字。而在 2014 年，中国诞生了超过 3650000 家创业公司，平均每天 10000 家。创业是一件死亡率如此高的事，就算偶有成功，也多属于那些富有经验的连环创业者。他们在耗光了无数投资人的金钱和自己的时间后，才堪堪变成了一个发掘市场、管理团队、运作资本的老手；对于毫无经验的新手来说，你可以把首次创业的成功率理解为 0%。

我身边有很多朋友在创业，无一例外，他们的创业都非常不酷。创业之前，他们是创投公司的投资总监、上市公司的副总裁、大媒体的主编，他们能力强大又野心勃勃（野心勃勃在我看来是一个褒义词，却总被理解为一个贬义词），手里又握着强势资源和海量财富，人们总是有求于他们，很多人的命运会因为他们的一两个决定而改变——在此情况下，他们简直一定会酷。但当他们抛下此前拥有的一切开始创业，因为有所背负，他们的身份变成了有求于人的那个人，他们就必须先丢掉自己的酷。

创业不酷。懦弱胆怯、浪费智力、磨损心气、成功率低、四处求人，这些才是创业的真实面目。哪怕是乔布斯的创业也不酷，他只是人酷；塞吉·布林的创业也不酷，他也只是人酷；扎克伯格的创业也不酷，他甚至连人都不酷。因为，当你刨掉所有媒体的宣传渲染和自己加诸其身的所谓意义，创业这个词更恰当的叫法，其实是「做买卖」。

想通了这一点，如果你还愿创业，那就大胆去吧，毕竟它能最快筛出一个行业里的傻子和天才。我能与你分享的经验是，当你组建创始团队时，尽可能让自己是团队里最差的那一个。

此外，如果你是互联网行业的创业者，我还有一点认知要特别分享给你——程序员永远不可能真像摇滚明星一样酷，永远不可能。程序员要解决问题，而摇滚明星只负责酷，大家放在酷这件事上的精力根本不在一个量级（我甚至还要思考「歌进间奏了，吉他手开始 solo，此时我在舞台上该干点什么才能让自己显得不傻」这种细分问题，你凭什么比我酷），所以你好好写代码，不要想太多。

关于「语言不通要比划」

在沟通中，最好的方案当然是学会使用对方的语言，但我们每个人都精力有限，不会某种语言是再正常不过的事情了。实在语言不通时，比划。

不久之前，我开始担任一支「虚拟乐队」的音乐总监，为这支由动画做成的乐队制作音乐。这个团队的动画制作技术在业界相当出色，也一直想在中国打造一个如日本的初音未来、英国的 Gorillaz 那样的虚拟偶像，只是苦于团队里没人懂得音乐制作。他们也曾找了很多音乐人来沟通，但聊到最后总是被那些云里雾里的虚幻概念和专业名词说到心里没底。

后来经由朋友介绍，这个团队的创始人开始跟我接触。第一次见面后，我发现对方是个思维敏捷、逻辑清晰、也特别知道自己要什么的典型技术型创始人，我也就非常能理解他的痛点了——他希望音乐人给出合乎逻辑的解决思路和「方案」，而音乐人给出的只是玄之又玄的专业名词和「感觉」。很明显，在那个大名鼎鼎的「科技与人文的十字路口」上，其实只出现过一个乔布斯，除他之外，剩下的几乎全是互相费解、互相鄙夷、互相恐惧的两种全然不同的人类。

倘若有一个说着完全陌生语言的外国人向你问路，我想你们一定不会脸对着脸各说各国话，而是会手脚齐用，连比划带猜，试图把路线讲明白。可是我们日常所见，产品经理对程序员、程序员对设计师、设计师对广告公司、广告公司对音乐人、音乐人对产品经理……所有不同工种间的对接，双方总是在固执的各说各国话，说到最后口干舌燥、不欢而散，各自去社交网络上编段子互相吐槽。

几年前在我刚进入互联网行业时，很幸运的读到了一篇文章，文章的出处我已记不太清，但大意是说作者是一家国内互联网公司的程序员，公司里新来了一位出身 Google 的设计师，大家都想看看这 Google 设计师的本事，就把手头一个吵了很久的网页设计项目交给他，颇有要给点下马威的意思。这位设计师接到项目后，没有埋头去设计，而是先给出了几套简单的界面方案，让项目小组里的所有人进行选择；选择之后又给出了几种简单的颜色搭配方案，再让所有人选择。这样一来二去，设计方案的范围逐步缩小，到最后大家意见统一了，他才开始设计，并且最终成品所有人都非常满意——每个人都觉得这东西是自己参与设计出来的。那篇文章的结尾，作者感慨：「Google 给这位设计师带来的最重要的，也许不是技术和审美，而是沟通的方法。」

那篇文章使我大受启发，那位设计师的沟通方法，我称之为「比划」。比划一法让我在此后多年的工作里受益匪浅，比如这支虚拟乐队究竟要制作何种类型的音乐，我是这样比划的：我先请他们团队选出12 首他们听过且认为适合这支乐队的歌，我自己也选出 12 首，24 首歌统一给到他们，请他们来 24 选 12，并按照喜好程度进行排序。等最终12 首歌敲定，我为他们一一解析——这一首是英式摇滚、这一首是流行朋克、这一首人声旋律线写得好、这一首有两个伴唱、这一首需要五样乐器……有排序在前，哪些元素必要、哪些元素可以舍弃，就很好决定了。我们很快都明白了对方想要的是什么，非常愉悦的达成了合作，整个过程我们只见了两面，合计不过 4 小时。

在沟通中，最好的方案当然是学会使用对方的语言，但我们每个人都精力有限，不会某种语言是再正常不过的事情了。实在语言不通时，比划。

关于「限制与他者」

在创作当中，限制的存在，以及需要与别人合作的存在，对创作而言并非坏事，反而总能让工作变得容易。

有一位我很喜欢的日本音乐家，坂本龙一，此君从小接受正统音乐教育，学习古典音乐作曲，一直读到硕士毕业，却在大学时就认定「西洋音乐已经走到尽头，音乐的未来属于电子音乐」（女士们先生们，你们何曾见过一个学古典音乐的人有这等觉悟？而且那还是在20世纪70年代）。他一边做了非常多杰出的电影配乐（虽然今天音乐制作的门槛越来越低，很多流行歌手也开始兼任制作人，但电影配乐的门槛却始终很高，非得创作水准达到作曲家级别才能胜任。所以看一个音乐人能不能做电影配乐，也是一个鉴定其创作水准的方法），一边又是传奇的电子音乐先锋乐团YMO的成员（1978年就已组队的电子音乐先驱，作品里还融合了爵士乐等元素，在个人音乐口味上，我喜欢所有类型的音乐，尤其偏爱爵士乐与电子乐，这让我对YMO的音乐简直爱不释手。这里要额外解释一下——当我的身份是一个创作者时，我喜欢所有类型的音乐，无论何种音乐，我都能从制作它们的过程中收获进步与喜悦；当我的身份是一个听歌者时，我也喜欢所有类型的音乐，而偏爱爵士乐与电子乐的原因是，前者门槛高，听到烂歌的概率就小，后者音色多，听到惊喜的几率就大。不过，每当我提及「我喜欢所有类型的音乐」这事时，听到这话的人们脸上都会泛起一种微妙的表情，经由我的私自揣测，这种表情可大致被解读为「这个人为了不得罪人，真是什么无聊的话都说得出口啊！」请相信这并非我的本意，「我喜欢所有类型的音乐」和「我讨厌所有类型的音乐里的垃圾」并不冲突，而我听到垃圾的概率总是大得多）。

在坂本龙一的自传《音乐使人自由》当中，有一段关于自己音乐创作生涯的总结，使用了「限制与他者」这个小标题。大意是说，在创作当中，限制的存在，以及需要与别人合作的存在，对创作而言并非坏事，反而总能让工作变得容易。这让正在写这本书的我深有同感。

我的写字速度历来不慢，从前写篮球评论时，常常要救火写一些特定主题的文章，编辑在旁火急火燎的催促，两个小时我就能赶出6000字的稿子；而这本书的编辑对我的要求是:「请随意写，写什么都可以」，我反倒什么都写不出来。每次坐在电脑前准备写字，思维就会同时延伸往无数方向，毫无秩序的散漫呈现，往往一坐两小时，敲不下一个字。

后来我借鉴了自己作曲时的方法:「先随手写下一句旋律，不需要精雕细琢，假定这一句最后是会被改掉的，只用它来开个头，方便自己往下试」，从无序的思考里随机摘出一点，赶紧先写出来，以它做开头顺着往下写，这才总算解决了下笔问题。可即便如此，就算写出了几千上万字，由于没有明确的主题限制，我也常会随写随删，删一段、再删另一段，最后干脆删掉整篇。粗略算下来，这本书的书稿我前后写了超过 25 万字，最后剩下来的还不到 10 万字。

这时你才能体会到「限制与他者」的作用，它在源头上就已经帮你剔除了绝大多数可能性。在有限的可能里，大到一个群体的社会秩序、小到个体自我的思考秩序，都更容易被建立起来，人们就得以更专注的高效完成工作。作家们不在家中反而去咖啡厅写作、乐手们一定要加入一支或几支乐队，这都是为了让自己远离更多选择，制造出「限制与他者」的情境来。

甚至宗教的存在和发展，某种程度上也是靠着「限制与他者」的力量。几乎所有宗教都有「报应」概念，它告诉你:「你作恶，就要遭报应；就算你没遭报应，你儿子也要遭报应；就算你儿子没遭报应，你孙子也要遭报应。」这便是一种极强大的限制力量，非常有助于社会秩序的建立。后来有些落魄的混不吝，自己都不一定能活下去，哪还管后人遭不遭报应，干脆肆无忌惮去作恶。于是有些宗教就进化出「来世」概念，再告诉你:「你作恶，就要遭报应；就算这一世没遭报应，下一世你也要遭报应；有可能接下来十八世你都要遭报应，反正永远都是你自己遭报应。」有了「来世」这个版本的更新之后，限制力量进一步提升，社会秩序更加完善，宗教也就更受欢迎了（某种程度上，更讲究「今生」和「现世」的道教也因此而衰落）。

还有一个典型的「限制与他者」，名为熬夜。据说熬夜者都是为了趁夜深人静、月朗星稀之时，能不受打扰的工作。这个理由放在十年前还很站得住脚，不过在今天其实早就不适用了，哪怕你熬夜到凌晨两点，也依然还有朋友在社交网络上更新着状态。如今真正好用的办法是早睡早起，凌晨五点钟起床，保证所有社交网络的时间线都刷不出新东西，所有新闻网站也都没有新文章上线，更没有人给你发邮件或信息，你发现自己唯一能做的事就是工作——这本书 80% 以上的内容，我就是在早上 5 点至 8 点这个时段写出来的。

关于「创作中的独裁」

你总是需要在实地的创作中，一次次经历「失控」，感受失控给你带来的不满意，然后去寻找解决方案，最终从两者之间找到平衡。跟所有的创作者一样，我也还在这条路上艰难摸索，并且根本不知道自己做的选择是否正确。

这一篇与上一篇正相反。

如果音乐家坂本龙一是「科班与前卫」的代表，电影导演昆汀·塔伦蒂诺就是「业余与通俗」的极致。我同样很喜欢昆汀，此君没受过任何正统电影训练，是彻底的野路子出身。他年轻时在录像租赁店上班，于是就有机会大量观看各类影片。他在看完电影之后会去解构它们，进行重新拼装组合，创作出属于自己的剧本（昆汀的编剧能力一直被低估，在我看来，这是他成功的主因）。昆汀酷爱各国滥俗流行电影，并能从中收获别人很难理解的感动（比如他是邵氏武侠电影的死忠粉，比如他认为李连杰版的《方世玉》比李安的《卧虎藏龙》更浪漫之类的），他自己的作品也总以这些滥俗电影为素材，把它们糅为一体，再配以独特的视觉呈现和剪辑节奏，给人营造出无比爽快的感官刺激。电影业界对昆汀历来褒贬不一，但我认为这正是他出色的地方——他的作品启发的从来不是专业的电影工作者，而是我们这些不懂电影创作的普通人。

昆汀的所有电影有一个共同点，就是从不使用专门制作的电影配乐，而是拿已经发行的音乐直接用（最近听闻他尚未上映的新片《八恶人》打算采用原创配乐，这都可以当成一个宣传点来写前期宣传稿了）。2008 年昆汀参加戛纳电影节时解释了自己这样做的原因：「我一般不使用原创配乐，我无法让任何一个作曲家来做这件事，因为音乐实在太重要了。你花钱请一个人，给他看你的电影成片，然后就指望他来帮你搞定所有音乐，这事我可不敢托付给任何人。我自己就有世界上最好的电影配乐收藏，事实上我写剧本时都是先进入配乐收藏库，一边听歌一边把自己听到想到的视觉化的东西给写下来。在此过程中，世上最好的配乐作曲家们和我在一起工作，埃尼奥·莫里康内、拉罗·塞福林、约翰·巴里……我还不用花时间真跟他们去打交道。」

拍电影是一项浩大的团队工作，它要靠几百上千人的彼此信任与通力合作才能完成。昆汀这种近乎极端的强势控制态度，简直可以称为「独裁」，可以想象与他合作的人会有多不愉快。

但我能理解他的判断取向——「让观众愉快」和「让合作者愉快」之间，前者更重要（我知道这选择在纸面上看起来容易，但实际创作过程中绝少有人能做到，因为合作者的反应就赤裸裸摆在面前，而观众的反应距离你还无比遥远）。如果让观众愉快的前提是让合作者不愉快，那合作者就理当不愉快；以我观察，这是每一个出色的创作者都有的觉悟，也是他们选择合作者的共同标准。

让我再厚着脸皮拿自己举例。经历过几次 MV、广告和脱口秀的拍摄之后，我逐渐形成了一个自己的拍摄习惯——强制要求所有演员必须提前进行带妆彩排，直到表演效果达到我满意的程度，才会进入正式拍摄日。这对演员来说负荷巨大，选角时很多有名气的演员也常因此拒绝与我合作，毕竟非直播的视频节目，几乎所有剧组都没有彩排惯例，大家只会在拍摄时尽可能多机位多拍几条，从中选取最好的素材来用。而我的观点是，但凡拍摄日，剧组都要提前支付租棚、搭景、摄像、灯光、录音等硬件的费用，以及制片主任、执行导演、临时演员、化妆师、录音师、场工等工作人员的酬劳，这一天在什么都还没拍时，几万甚至十几万已经付出去了，所以当天拍摄的每一个镜头都是有成本的，如果等演员在镜头下现学现演，这就是一种严重的资源浪费；最关键的是，我无法接受后期剪辑时自己的工作状态是「在几十条生涩表演里勉强挑出最好的一条」，而是希望能做到「在几十条熟练表演里优中选优」——为了实现这一点，我就要做一个讨人厌的独裁者，让所有演员都先不愉快。

看起来，「创作中的独裁」跟「限制与他者」的核心体现有些相反，但二者之间并非完全对立，就像我可以同时喜欢坂本龙一和昆汀（我还

一边读哲学大部头一边看《凡人修仙传》来着）。你总是需要在实地的创作中，一次次经历「失控」，感受失控给你带来的不满意，然后去寻找解决方案，最终从两者之间找到平衡。跟所有的创作者一样，我也还在这条路上艰难摸索，并且根本不知道自己做的选择是否正确。

关于「快速学习」

如果能及早调整预期，搞清楚学习过程总会是漫长的，绝无速成之可能，想必放弃就会来得晚一些，很多知识我们就能学得更深一些了。

以「快速学习英文」为例，它通常是这样的：

第一步，让我们先认识两个词，I 代表「我」，you 代表「你」。

第二步，接下来还有另一个词，love，它是「爱」的意思。

第三步，那么 I love you 的意思呢？没错，就是「我爱你」！

第四步，非常好，相信现在你已经可以轻松看懂下面这段话了：

Devouring Time, blunt thou the lion’s paws,
And make the earth devour her own sweet brood;
Pluck the keen teeth from the fierce tiger’s jaws,
And burn the long-lived phoenix in her blood.

这大概就是世间一切「快速学习」的本质。你很难说它没用，毕竟相当多的人照它的指引走完了前三步，对某个事物有了最基本程度的了解。但是从第三步到第四步的过程（这其中隔着的，恰好就是业余与专业的天花板），它却总是无能为力。最恼人的是，由于使用者提前预设了「速成」的立场，一旦发现过于困难，那种与预期相差太大所带来的愤怒，就更容易让人选择放弃。

世界上确实存在一些能加快学习速度的方法——比如善用 Google，比如锻炼出充沛的体能，比如不羞于向合适的人请教，比如像硅谷程序员一样服用利他林、莫达非尼这类能提高注意力的药物（这种方法我试过后发现副作用比较大，并不推荐）——但即便加速之后，其速度也远称不上速成。如果能及早调整预期，搞清楚学习过程总会是漫长的，绝无速成之可能，想必放弃就会来得晚一些，很多知识我们就能学得更深一些了。

关于「人生偶像」

有人生偶像是件幸福的事，你可以从中获取精神力量；26 岁以后还能有新的人生偶像，就更是幸福的事了，你除了可以获取精神力量，还顺带证明了自己是个相当开放、有进取心、接受能力强的人。

我身上有一些文身图案，其中有两个图案是人像，一个是拉里·伯德，我 26 岁前的人生偶像；另一个是本杰明·富兰克林，我 26 岁后的人生偶像。有人生偶像是件幸福的事，你可以从中获取精神力量；26 岁以后还能有新的人生偶像，就更是幸福的事了，你除了可以获取精神力量，还顺带证明了自己是个相当开放、有进取心、接受能力强的人。

拉里·伯德是 20 世纪 80 年代的 NBA 球星，他生涯巅峰期时我还没出生，他退役时我也才只 4 岁，还不懂事。能够得知并喜欢上他，全因我父亲的缘故。我父亲年轻时是个崇尚美国文化的「哈美族」，他玩乐队、练拳击、打篮球、折腾电子设备，留下来的老照片里也全是一副嬉皮士的打扮。

在我 8 岁那年，父亲租到一盘 NBA 录像带，那是一场经典老比赛——1987 年波士顿凯尔特人 vs 洛杉矶湖人，总决赛第四场。这盘录像带我父亲视若珍宝，拉着我跟他一起观看，在看完一遍之后，他就果断决定借了不还，以便日后还能翻来覆去的观看（事实上我们就是这么做的，接下来的一两年里我们俩每隔几周就要看上一次）。他是湖人队的球迷，确切的说，跟他一样在 20 世纪 60 年代中期出生的人，只要看 NBA 就几乎都是湖人球迷，从他们所有人都爱在篮球场上用同样的「小天勾」动作勾手投篮就看得出来（值得一提的是，「小天勾」这个篮球史上知名度仅次于乔丹「最后一投」的动作，就诞生于录像带里的这场比赛）。理所当然，他希望我也能追随他的脚步成为湖人球迷，但显然他忽略了一个问题，当时我年仅 8 岁，审美还停留在「这些黑人长得可真吓人啊！那个又高又秃又戴眼镜的格外吓人啊（后来我知道这个格外吓人的叫贾巴尔，NBA 历史总得分纪录保持者）！」的阶段。与此同时，我发现身穿白色球衣的那一队里有好多白人——那年湖人轮换阵容里只有兰比斯一个白人；而凯尔特人队里的白人则有：拉里 · 伯德、凯文 · 麦克海尔、丹尼 · 安吉、杰里 · 斯奇汀、格雷格 · 凯特、弗雷德 · 罗伯茨以及在板凳席上颇为上镜的比尔 · 沃顿——既然白人更符合我的审美，为什么我不支持他们呢？父亲告诉我这支队叫凯尔特人，嗯，「凯尔特人」，虽然名字比「湖人」难念了不少，但我还是毅然决定支持长相英俊的这一队（8 岁的我身上这种种族歧视观念，很好的证明了「偏见源于无知」）。

通过被播放了无数遍的经典回放视频，世人都知道那场比赛的结局。湖人当家球星「魔术师」约翰逊在最后时刻用出载入史册的「小天勾」，以 107 比 106 一分优势惊险绝杀了凯尔特人，湖人替补席上的球员们像疯了一样扑进赛场内进行庆祝。但是不太有人记得，在完整录像里，「小天勾」之后比赛其实没有结束，时间还剩下 2 秒。我一生中看过这场比赛录像超过 30 遍，最后的 2 秒钟录像，又单独看了超过 50 遍，就让这个世界上最熟知此 2 秒的人为你复盘当时发生了些什么吧。

倒计时表还剩 2 秒，凯尔特人在界外发球，全世界都知道我们要把球传到当家球星拉里 · 伯德手里，湖人自然也知道，他们派詹姆斯 · 沃西像牛皮糖一样紧紧贴着伯德。面对沃西的严密防守，伯德先是虚晃了一步，然后突然加速朝反方向跑去，沃西吃了虚晃，惯性原因让他大概慢了 0.5 秒，这就让伯德跑出了一个短暂空当，他在左侧底角位置以一个「腿还在向前跑，身子却往回拧，向准备发球的队友丹尼斯 · 约翰逊要球」的怪异姿势如愿接到了传球（10 秒钟之前，他就在这个位置迎着沃西劈头盖脸的防守，极端冷血的投进了一个反超比分的三分球）。此时倒计时表只剩最后 1 秒，伯德敏锐感知到自己已经没有时间去调整姿势和重心，于是在接到球的瞬间他就顺势做出了投篮动作——如果你找到这场比赛的录像来看，在这个瞬间，你会听到波士顿主场球馆的观众们发出了「hoo」的沉闷又巨大的声响（这个音节并不是爆破音，所以它不「脆」，反而特别冗长低沉，像极了酝酿炸雷前的轰鸣声）。等我以后看的录像多了，才知道伯德的职业生涯里投中了多少次这样的球，他天生就是为了绝杀而存在的，那个年代的波士顿球迷们也无数次见证了这种神奇的伯德时刻。在我看来，他们所发出的「hoo」其实是欢呼声「hooray」的前一半，因为现场的观众们相信伯德会投进这个球，伯德自己也相信他会投进这个球，甚至连距离伯德不到半米的湖人替补席上的球员们，也都相信他会投进这个球（湖人替补席上的韦斯·马修斯在看到伯德跑出空当时，就已经开始崩溃大叫了，他们全都认为自己死定了）——伯德投篮出手，篮球沿着一个完美的弧线落向篮筐，就像他曾经投出的每一粒绝杀球一样。「嘣！」球打到篮筐后沿，却没有像往常那样顺势落网，而是轻轻弹了出去，只差了不到半厘米。

现在你知道，集锦视频里「湖人替补席的球员们像疯了一样扑进赛场内进行庆祝」的真实原因了，那根本不是在庆祝「魔术师」的致命绝杀，他们是在庆祝自己竟然能够从伯德手底下劫后余生。

而伯德呢？他在投篮出手后，身体受惯性落到了湖人替补席里，球弹框而出的瞬间，他呆住了，就像是无法相信这个球竟然没进一样。湖人替补席的球员们越过了伯德，扑进场内庆祝，短暂的呆立之后（结束呆立的时间，恰巧在所有人反应过来要看看他此刻样子之前，你只有在无数次重放录像后才会注意到这个让人心碎的短暂呆立），伯德低着头，毫无表情的走出球场，凯尔特人输球。那是 1996 年，波士顿凯尔特人成了我的终生主队，拉里·伯德成了我的终生偶像。

跟所有首次拥有了偶像的少年一样，我开始狂热的在报纸、杂志、网络上四处寻找拉里·伯德的轶事。我知道了他出生于小乡镇，在成为传奇之前的绰号曾是「法兰西里克的乡巴佬」；知道他在印第安纳大学待了几天就退学，因为没钱买运动服，只能穿着牛仔裤打球，强烈的自尊心又让他不甘心被同学看不起；知道他退学回家以后干农活，每星期扛 1300 捆干草，扛到胳膊抬不起来，然后还能在野球场上把全州最强的大学球员羞辱掉；知道他在签约凯尔特人前，跑去一所高中当体育老师，打垒球导致右手食指严重骨折（这是球员的投篮指），结果第二天若无其事上山采一整天蘑菇，天黑后下山队医才把他强制带走，右手食指从此畸形；知道他强迫自己在赛场上保持冷漠的眼神和疯狂的垃圾话，以此给对手制造强大的心理压力，这也让他成了历史上最著名的垃圾话大师，三分大赛前对着其他参赛者问：「你们商量好谁拿第二名了吗？」在比赛最后时刻告诉防守者，「接下来我会在这个位置投篮绝杀你们。」然后就在那个位置顶着防守绝杀成功，扔下一句：「我的失误，我本来想压哨绝杀，没想到还给你们留下了 1 秒」；知道他好胜心强到变态，自己教练家的 9 岁孩子常跟着他练习投篮，他一次也不能让小孩子赢自己，而且次次都要用全力去赢尽可能多的分数；知道他在成为千万富翁后依旧自己修车、铺路、剪草坪，在酒吧里接受《体育画报》采访，因为一瓶啤酒卖 7 美元扭头就走，嘴里还要骂：「我是有点渴，但我也不能让他们占便宜，就让这该死的酒吧自己留着他妈的 7 块钱一瓶的啤酒吧！」

所有伯德身上的这些特质，自大、严苛、嚣张、冷漠、骄傲、好胜，与我当时所受的小学教育格格不入，它们毫无疑问都是贬义词，但伯德就是有能力把这些贬义词通通融合起来，指向一个让我着迷的方向——这个方向，叫作「酷」，只是我当时还不懂它的意思。我想我们的第一个人生偶像，应该都是那个首次让自己意识到「酷」存在的人，他们并没有承载过多的意义，就纯粹是酷的启蒙（换句话说，酷难道还不够吗？为什么还要有其他意义？）；之后的人生里我们也一定会遇到客观上比他更酷的人，而我们所做的就是绝不承认。

无论从哪个角度看，本杰明·富兰克林跟酷都沾不上边，他是另一个维度的存在，我认为应该称他为「巨人」。在读他的自传之前，我对他的认知跟大多数人一样，「发明避雷针的那个人」以及「一百美元纸币上的那个人」。

时间回到 2014 年初，我在社交网络上的连番遭遇，让自己悟出了一条「克制是至高美德」的座右铭，并常拿来与朋友分享。某一天，一位朋友推荐我去读《富兰克林自传》——这在我看来很奇怪，因为这位朋友来自 Legend 33 Studios（这是这本书里第三次提及这个团体了，你可以明显感知到我对它的深厚情感，我也终于可以解释一下这个名字的来历：Legend 是拉里·伯德成名后的绰号，而 33 是他的球衣号码），照我们这个小团体一贯自以为是的「不酷会死」做派，伟人自传应该很难被拿出来分享推荐才是（又一种典型的「因为多见，所以轻慢」）。朋友对我说这本自传里关于「克制」的部分会很合我胃口，他甚至直接帮我买了书寄到家里来。

收到书后我并没有着急去读，毕竟它在我看来实在缺乏吸引力，等到手头其他书全读完才开始翻这一本。我记得刚翻开书时是中午时分，之后就再也放不下了，直到深夜把它全本读完才罢休，内心的震撼实在无以复加——当我以「克制是至高美德」为座右铭并洋洋自得时，有人在 200 多年前就践行以更详尽、更严苛的标准，并在那个一切都等待被发现的年代里，以一种浪漫且直接的方式创造了无数辉煌成就，这实在让人心生敬仰。

考虑到你很有可能会去读这本书，我就不过多透露书中内容，以免剥夺你阅读的乐趣，只在这里分享一下富兰克林塑造自我的方法。

富兰克林首先挑选了他希望自己能具备的 13 种品德，并将它们一一详细定义，以免执行起来有模糊的地方。这 13 种品德分别是：

1. 节制：食不过饱，酒不过量。
2. 缄默：避免空谈，言必对己或对人有益。
3. 有序：你的一切应井然有序，一时一事都要有周全计划。
4. 决心：当做必做，做就要做好。

5. 节俭：对人或对己有益才可花钱，绝不浪费。

6. 勤奋：珍惜光阴，做有益之事，避无谓之举。

7. 真诚：不欺骗，有良知，为人厚道，说话实在。

8. 正义：不做不利于人的事，不逃避自己的义务。

9. 中庸：避免走极端，容忍别人给你的伤害，认为是你应该承受之事。

10. 整洁：保持身体、衣服和住所的整洁。

11. 冷静：不因小事、寻常之事、不可避免之事而慌乱。

12. 节欲：少行房事，除非考虑到身体健康或者延续子嗣；不要房事过度，伤害身体或者损害自己或他人的安宁与名誉。

13. 谦逊：效法耶稣和苏格拉底。

然后富兰克林自己做了一本小册子，以天为单位考察记录自己的执行情况。他并没有打算一蹴而就，而是第一周只从第一项「节制」开始做起，如果某天没有做到，就在册子上给那一天画一个黑点，直到连续一周都没有黑点，第一项就算宣告完成；之后他再进入第二项「缄默」，规矩相同，也是连续一周没有黑点即告达成，但是难度加倍，要求自己也同时完成第一项；以此类推，难度递增，到最后一周时，他必须连续七天完成全部十三项品德记录。

这是何等的壮举！就算你不认同他的每一条美德标准，也根本无法否认做到这些是多么艰难的事。在我眼里，比起他在政治、科学、商业、慈善这些领域里取得的推动全人类进步的不世之成就，这个自我塑造的小册子更能让我感到震撼——当你发现所有自己引以为傲的那些能力，比如自制力、行动力，有人竟然可以比你出色百倍，除了心生敬仰你根本无力产生其他情绪。当我合上书本，脑子里只剩一个念头：「我要赶紧学起来！」

我很快就根据自身情况，列举并定义了以下 8 项希望自己具备的美德出来。

1. 克制：若一件事很想做、也能做到、同时却对己无益，则不做。

2. 创造：重复性工作从来不可避免，但要额外确保做了创造性工作。

3. 思考：进行长时间、系统性的内心梳理，以此获取智慧。

4. 正直：「社会大环境就是如此」不能成为默许任何错事的借口。

5. 体面：我自知是个脾气极差的人，也接受这一点，但必须同时做一个礼貌、得体、有教养的人。

6. 自省：睡前反省当天过失，并做到能直面它们。

7. 真诚：同理心并非在某些场合用一下，而是要永远持有同理心，以此待人接物。

8. 勤勉：确保每次睡前都已妥善用完了全部精力值。

然后我也建立起一个表格文件，仿照富兰克林的方法，以天为单位监督自己的执行情况——当我面对满屏的黑点时，对富兰克林的敬仰愈发深厚了。如果你追求「人生偶像的意义」，那么它莫过于此。

关于「我的阅读法」

我个人的习惯是，一次买书绝不超过三本，所有新入手的书都必须放在手边，书随人走，直到读完才把它放到书架里。

其实阅读方法并不怎么重要，了解任何一个人再如何独特的阅读法都不会让你拥有跟其一样的阅读能力，更何况我的阅读法并无特别之处。但有趣的是，我读书量虽不多，却常被人问起自己的阅读法，这就说明我成功给人营造出了一种读书特别多的假象——此种现象倒确实应该归功于我的阅读法。总结起来，它共有三条。

第一条阅读法是跨学科阅读。我在工作里跨了很多个领域，并且始终不惧怕甚至渴望接受任何新领域的挑战，这应该源于我的跨学科阅读习惯。查理·芒格曾用一句很贴切的话形容这种习惯：「如果你轻车熟路的走上跨学科的途径，你将永远不想往回走。那就像砍断你的双手。」

跨学科阅读的魅力，在于它能让人从多个领域里寻找到通识和规律，进而养成一种「上帝视角」，身处这种视角时，我似乎可以动用一种更高级别的智能去分析各类问题，那是一种相当美妙的体验。此外，我有一个生活小经验：如果你想判断一个人的学识，就看他在擅长的领域里说了些什么；而如果你想判断一个人的三观，就看他在不擅长的领域里说了些什么。从这个角度讲，跨学科阅读还能让人拥有更健康的三观（至少是看起来更健康的三观）。

第二条阅读法是书架里只放读完的书。我没有收藏书的习惯，买书纯粹是为了阅读。我也知道很多人有「买书不看」的问题，很容易被好书吸引，兴致勃勃买下来，一到手就放入书架，再难有时间或勇气去看，到最后看书变成了看书脊。

我个人的习惯是，一次买书绝不超过三本，所有新入手的书都必须放在手边，书随人走，直到读完才把它放到书架里。我一直不肯用 Kindle 或 iPad 读书，就是因为「放在手边」的将不再是新入手的书，而是一个电子设备，这设备里可以存海量的新书，却无法具备我需要的现实提醒功能。这种老派的做法有违我一向自诩新潮的人物设定，但为了高效读书，我也只能忍了。

第三条阅读法是看目录回忆原文。读完一本书，在把它放入书架前，先翻开目录，根据目录逐条回忆书本的大致内容和精要，如果哪一条目录无法回忆起来，就翻开书重读那一章。用这种方法，任何不扎实的阅读都无所遁形，你再也没法用「这部分不太感兴趣，略过去吧」这种理由让自己囫囵扫书，否则回头检阅时又得重看一遍，浪费的还是自己时间。这方法也适用于温习旧书，只需翻开目录顺下去回忆，就能知道自己该重读书里的哪些部分了。

如今的许多书籍，为了所谓视觉效果，把目录做得乱七八糟，让我在回忆时很是不爽。这本书的目录就清晰整齐得多了，我把一排「关于」列开来，力争打造出一种「不看内容都能先让人爽一下」的秩序感。

关于「最重要的是活得久」

「活得久」是一项相当重要的竞争力。如果你对自己所创造的内容足够有信心，剩下的问题就是努力让自己活得久一点，你就总能赶上几次媒介成熟的时机。

大概从 2014 年年初开始，IP 这个缩写不再是「网络协议」（Internet Protocol）的专属，开始以「智力成果权」（intellectual property）的词义在互联网创业领域里频繁出现；到 2015 年，这个词已经成功取代「做平台」「B 轮融资」「就缺一个能写程序的了」「陈国富答应做这部电影的监制」等若干热门词汇，成了北京每一家咖啡馆的最热流行语。

媒介的发达总是会让内容变得抢手，这并非新鲜事。对此我有一个「媒介与内容天平」理论：当一种新媒介被发明出来时，它所具备的广阔前景与诱人的利益重分配可能，会让该媒介的从业者们高呼「媒介革命」，去对这种媒介本身进行探索；而当这种新媒介经过长时间的探索和发展，逐渐火爆起来，成为人类的主流行为，该媒介的从业者们又会回过头来找内容，高呼「内容为王」，用成熟的媒介去呈现优质的内容。

这个理论过去在报纸、广播、电视身上都成功得到过验证，今天在互联网和电影身上又正上演，IP 这种词的盛行，正是这个理论的体现。

霸占了半个电影市场，靠着超级英雄们天天刷新票房纪录的漫威，当年也曾经营惨淡，而且一惨就是 30 年，随时准备倒闭；而等它熬到电影市场火爆起来、特效制作技术也开始跟得上人类想象力的今天，手里握着无数内容的漫威就得以摇身一变，成了电影巨头。为了活下来，漫威付出了相当大的代价，今天他们有那么多超级英雄无法在自己的电影里出现，或者就算出现也有若干限制（比如《复仇者联盟 2》里的快银和猩红女巫，不能说自己的父亲是万磁王），就是因为当初为了维持生存，把版权都卖给了别人。

一个有趣的现象是，当你获得成功之后，人们就会跑过来分析你，试图把你的成功归纳为几点因素，并加以传播（在此过程中，很多二流创造者会误以为只要复制这些因素，他也能取得成功）。每当一部漫威电影破票房纪录，你就会看到无数分析文章——从商业模型分析到公司背景，从小众文化分析到工业制作——试图来告诉你漫威为什么能取得如此之大的成功。在我看来，哪用这么多挖空心思想出来的复杂理由，漫威成功的原因就只一个，「活得久」，它一直撑到了今天。

有一个「活得久」的反例，文森特·凡·高。直到今天，人们提起凡·高时依旧会深感痛惜，哀叹如此不世出的天才生前竟不为人知。其实这事真怪不得当时的人，凡·高年近 30 岁才开始边学边画，到 35 岁才迎来旺盛创作期（结果还要反复住院治疗精神疾病），37 岁就开枪自杀。虽然他的创作力旺盛，但短短两年时间，就想在当时获得极高的艺术和社会地位，不要说在信息传递缓慢的 19 世纪 80 年代，即便放到今天也是不大可能的事，其难度相当于要求一个刚发了第一张唱片的新人（哪怕他有 900 首未发表的小样）成为歌坛天王；而假如凡·高能够多活 20 年，我相信哪怕他停止创作，只任由之前的作品发酵，也大可以成为一个「活着的传奇」。

「活得久」是一项相当重要的竞争力。如果你对自己所创造的内容足够有信心，剩下的问题就是努力让自己活得久一点，你就总能赶上几次媒介成熟的时机。

那么，祝你万寿无疆。

关于「结束」

谢谢你读完了它。

创作这件事，永远没有「完成」的那一刻，只有「决定不再继续修改了」的那一刻。所以我打算在这里结束这本书。

谢谢你读完了它。

后记

从我写完全本书稿，到这本书最终得以出版，中间经历了接近半年时间。不幸的是，这段时间实在过于长，长到又足够我完成一轮自我更新式的进化，以至于在写这篇后记时，我已经对这本书持非常厌恶的态度了。

之所以会拖这么久，全因我在标点符号、字体排印以及某些字词使用上的固执。在这里我想特别感谢一下这本书的产品经理，魏斐然。由于直角引号和「的地得」的使用习惯全都不合出版规定，我又咬死了「不让这么用我就干脆不出」的态度，逼得他问遍全国所有出版社，软磨硬泡之下竟真的搞定了这问题。在我此前看过的大陆出版的书籍里，只有《字体故事：西文字体的美丽传奇》（作者是英国记者西蒙・加菲尔德，译者是吴涛和刘庆，2013 年由电子工业出版社出版。如果你对字体感兴趣的话，这会是一本非常棒的入门书籍）曾使用过直角引号，而在非译文书籍里，使用直角引号并弃用「地」字，这应该是大陆的头一本吧。

等终于解决了标点和字词问题，后期排版时我又对字体、行高、字号对比、标点悬挂、标点挤压这些问题反复提出意见，导致设计稿多次修改。更让人讨厌的是，这是我出版的第一本纸质书，对纸质书的字体排印其实并没有多少经验可言，我往往能察觉到某些细节的不妥之处，却根本给不出有效解决方案，这就让我变成了一个只会指手画脚的邪恶甲方。直到最后我请来朋友梁海帮忙，问题才终于解决。在这里也要特别感谢梁海为这本书提供的所有技术支持和帮助。

时隔半年再回看书里所写的内容，不满意的地方甚多，书中提及的这些话题，有些我已有了更深入的认知，有些则干脆推翻了之前的看法。按照最初的想法，我应该花上几个月时间把书稿重新大改一遍，沉淀上一段时间再看；但我能肯定的是，等几个月后，我又会对那时的版本再次不满意了，如此反复修改起来，这本书恐怕永远都没有面市的那一天。

我觉得，一个创造者，应该不羞于展现自己的深奥和浅薄，尤其是后者。因为某种意义上，展现自身的浅薄是一种创造的必然，毕竟人总会成长，此刻的你之于下一刻的你来说注定是浅薄的。如果顾虑太多，害怕此刻的展现会成为「黑历史」而畏惧展现，恐怕就绝了自己成为一个出色创造者的路。

比起成为一个出色的创造者来，些许黑历史简直太微不足道了。所以你一定要学会自我调节:「当时的我虽然浅薄，但浅薄到如此理直气壮，还是相当酷的啊!」

写到这里我忽然意识到，能读到这些文字，你肯定已经通读完了全书，对梁欢这个人已经有了一个相当程度的认知印象，哪怕我为自己辩解再多也都没什么用了。那么，我就直说了吧，请你一定要相信，此刻的梁欢——无论你是在哪年哪月哪日读到这里——都比写下这些文字时的梁欢更酷了。

当然，我说的不一定对。